沙条 愛歌

「少女」となった全能。極東の魔術師。「Fate/Prototype 蒼銀のフラグメンツ」でセイバー（アーサー・ペンドラゴン）のマスターとして戦っていたが、気付くとノーマの身体に意識が憑依していた。

ノーマ

魔術協会の依頼でさまざまな秘境を巡り遺物を収集する探索者、魔術使いの少女。年齢は十代半ば。妖精眼（グラムサイト）の保有者であり、神秘や幻想に対して自然と“行き当たる”性質を持っている。

アサシン

暗殺者のクラスに召喚されたサーヴァント。暗殺教団の教主で、真名は“ハサン・サッバーハ”。数多く存在するため「呪腕のハサン」と呼ばれる。

（「Fate/stay night」より参戦）

アーチャー

弓兵のクラスに召喚されたサーヴァント。緑色の軽装の鎧に身を包む俊敏な男。ブリテンにおける伝説の盗賊であり、反逆の英雄。真名は“ロビン・フッド”。

（「Fate/EXTRA」より参戦）

キャスター
Caster

魔術師のクラスで召喚されたサーヴァント。頭部をフードで覆った謎めいた女性。コルキスの王女で裏切りの魔女と言われた。真名は“メディア”
(「Fate/stay night」より参戦)

セイバー
Saber

剣士のクラスで召喚されたサーヴァント。言い伝えでは「アーサー王」とされているブリテン救国の英雄。真名は“アルトリア・ペンドラゴン”で女性。

(「Fate/stay night」より参戦)

???

優美で高貴な立ち振る舞い、美形の顔立ちをした男性。しかし、どこか不気味で謎めいており、出会った人間は男を「黒衣の魔人」と形容した。

???

魔窟の調査をしているという少女。大きな鎌をたずさえ、自らのことを“拙”と呼ぶ。ノーマはサーヴァントのひとりであると予想するが……？

ノーマ デザイン案
Noma design

橙色の髪の毛は後ろ髪を伸ばして下の位置で括っている。ノースリーブシャツの上に革製のベスト、その上に薄手のダウンジャケットを着用。脚部の可動域は広く、活発に動き回る。機能性を重視した服装をしている。

【装備設定ラフ】

ベストとカバンはベルト留めによって脱着が可能。道具は多いが活動性を優先し、中型のカバンを愛用。

??? デザイン案

金色の短髪で長身という容貌を、いっそう高貴なるものにする西欧貴族風の服装。荘厳なインバネスコート、革製のロングブーツを着用。威圧感のある外見からは、底知れぬ力を秘めているように見える……。

Fate/Labyrinth

桜井 光

角川文庫
24533

目次

口絵・本文イラスト／中原
モンスターイラスト／マタジロウ
本文デザイン／平野清之

ACT-1

Fate/Labyrinth

――沙条愛歌《さじょうまなか》は夢を見る。


西暦一九九一年、二月某日。

東京地下某所。

誰の目に見えることもない暗黒、手に触れることもない奥底で。

たゆたうものが在る。眠り続けるものが在る。目覚めの刻《とき》を待つものが在る。

其《そ》は、大聖杯《セイントグラフ》。

人の想いを溜《た》めるものにして、此岸《しがん》ならざる彼方《かなた》より来たる〝何か〟を導くもの。

正しくは模倣聖杯とも呼ばれるが――

現在。是《これ》なる大聖杯は、ひとりの少女によって所有されていた。もしくは、大切に、守られていた。落とせばあっさり砕けてしまう、脆《もろ》く小さな卵のように。

大いなる聖杯を、小さくも庇護《ひご》すべきものとして、愛歌は守り続ける。

愛しきひとの願いのために。

時に、触れて。声を掛けて。

瞼《まぶた》を閉じながら、子守歌が如き旋律を紡ぐこともある。

たった今、この時のように。

――そして、僅《わず》かな刹那《せつな》。

愛歌の意識が揺れる。

本来、肉体疲労の回復としての睡眠など必要としない根源の姫《ポトニアテローン》は、確かにその時、心地よい微睡《まどろ》みを覚えていたのだ。

有り得ない事柄ではあった。

特別に意識しなければ、休息など行う筈《はず》のない身である。

だからきっと、この事態は偶然ではないし、ある種の奇跡の類《たぐい》でもない。

明確な意思の下でこそ愛歌は眠りを得る。

理由は、ひとつ。

夢を見るために。

ふと、思い付いただけだ。ただの人間のようにそうしてみよう、と。

意識はたちまち肉体を離れ、微睡みの海の向こう、世界の果てに輝く光を超えて。

――そして、目覚める。

愛歌は瞼を開く。
煌《きら》めくが如き艶《つや》やかな睫《まつげ》を震わせて。
透き通る瞳《ひとみ》を、暗がりの中で可憐《かれん》にも輝かせながら。
現実と夢想の地平の彼方にて。
本来の自分が在るべき肉体世界とは、異なる世界で。異なる肉体で。
幻想種、合成獣《キメラ》、致死の魔術の罠《わな》の数々が蠢《うごめ》く《迷宮》の中で。

——そして、出会う。

まるで無力な存在になってしまった自分を守らんとする、一騎の英霊《サーヴァント》に。
世界が変わっても巡り会えた、その、運命の相手は。

「問おう。貴女《あなた》が、私のマスターか」

同一の人物であるはずなのに。

ブリテン王であるはずなのに。

確かに。

少女の姿をしていた。


「あら——？」

首を傾げてしまう。

理由はあまりに明白だった。

だって、其処《そこ》にいるのは確かに愛歌の知る騎士王ではあって、その佇《たたず》まい、纏《まと》った清冽《せいれつ》

の気配、救国の願いを秘めた蒼碧《そうへき》の瞳、いずれも騎士王そのものではあるのに——明白なまでに異なっていたから。

まず、背。——愛歌よりも高い。でも、こんなに小柄な訳がない。

次に、髪。——金髪なのは同じ。でも、丁寧な編み込み《シニヨン》なんて見覚えがない。

次に、鎧《よろい》。——印象だけは同じ。でも、細部《ディテール》があれもこれも違って。

そして。

何よりも決定的なのは——

「どうして、女の子なのかしら」

愛歌の唇から零《こぼ》れる疑問。ええ、そう。そうよね。

他の相違点は、その一点のことを思えば吹き飛んでしまいそうなくらい。

愛しの彼が『彼女』になってしまっているだなんて！

私だったらきっと、唖然《あぜん》となって何も考えられなくなる。まともに恋愛をした経験なんて殆《ほとん》どないけれど、確信を持って言える。驚く。驚いて、頭の中身が全部真っ白になって小一時間は混乱するに違いない。

でも。愛歌は違う。

驚きはしても、目の前にあるものを見誤ったりしない。

現実を正しく直視する。

それが自分の世界であろうと、夢の如き泡沫《うたかた》の世界であろうと。

状況。認識。整理。把握。

愛歌と私は、床に座り込んだ状態で『彼女』を見上げている。

冷たい床。ずっと過去に建造された通路の中。

石造りの通路。石畳の床。

此処《ここ》は、その筋では名高い《迷宮》の片隅。

薄暗いものの、淡い光源が存在しているので真っ暗闇ではない。不思議と炎が消えない魔術による松明《たいまつ》の効果だということを私は知っているから、自然と、愛歌もそれを知ることになる。

ほら、もう愛歌は驚愕《きょうがく》すべき周囲のすべてを受け入れている。

私は混乱の極みにあって気絶しそうなのに、愛歌はほら、全然大丈夫。

「ええと」

真っ白な指先を同じ色の頬に当てて。

愛歌は――

明るい翠《みどり》色のドレスを纏うお姫さまは、記憶を整理してみようと決めたらしい。

うん。私もそうした方がいいと思う。

瞼が閉じられると、直前までの愛歌の記憶がさあっと脳内に展開されていく。

一九九一年。聖杯戦争の終結を控えたある日、ある夜、東京地下の大聖杯に触れながら微睡んでいた愛歌《あなた》は、自ら望んで脳機能を調整した。夢を見たの。文字通りにすべてを成せるあなただからこそ、夢だって好きなものを見られるのだから。

けれど。たまには。

どんな内容の夢を見るのか、あなた自身にも分からない、とか。

そういうものをあなたは求めたの。まるで、普通の人間みたいに。この私みたいに。取り立てて特別なものなんて何もない、凡人の見る、普通の夢。

何が起きるか分からない。

不思議と奇妙、変化と驚きの夢の海を泳ぎたい、そう思って――

沙条愛歌。

あなたはあなたの思うがままに夢を見た。

現実には存在しない、あなたのためだけに導かれるこの一幕を。

幻想たちが眠る現実の裏側、世界の果てでさえ飛び越えて、異なる時間、異なる空間、もしかしたらそれら以上の〝何か〟さえあっさりと通り抜けて。あなたの自我と意識は旅をした。私だったら二秒と保《も》たずに擦り切れてしまうだろう場所をふわりと飛んで、極光《オーロラ》の下、人間の自我なんてあっさり砕くはずのモノを眺めながら。

——竜を見たの、愛歌。

永い永い時をかけて誰かを待ち続けるモノ、孤高なりし優しき竜を。

「綺麗《きれい》な竜ね」

あなたは言った。

竜は言葉に応《こた》えることなく、世界の果てを見ていて。

——光を見たの、愛歌。

世界の表裏を繋《つな》ぎ止めるただひとつのモノ、最果てにて輝ける光を。

「綺麗な光ね」

あなたは言った。

光は言葉に応えることなく、其処から動きはしない。


「おい」

誰かが言った。

あなたは覚えているでしょう、愛歌。

瞬間、微睡みからの波濤《はとう》があなたの意識を別の場所へと押し流して。

別の場所。何処？

宇宙の暗黒のようでもあったし、輝きの窮極のようでもあったし、あらゆるすべての中心たる渦のようでもあったし——見慣れない、生活感のまるでない小さなワンルーム・マンションの一室のようでもあって。

「そいつは、駄目だ。ここに置いていけ」

どこまでも深い——

青く輝く瞳を、あなたは見つめたの。


そのすぐ後に。

あなたの意識と自我は此処へ来た。

ただひとつの使命を果たすために私が赴いた、この暗がりの園へ。今まさに此岸ならざる魔術儀式が行われんとするこの《迷宮》へやって来たの。

ううん、もっと正確に言おう。

あなたは、あなたの望むがままに夢を見た。

あなたにとっての夢。私の現実。

私が知り得ない一九九一年から、私の知り得ない場所から——

——沙条愛歌《あなた》は、私の脳を介して私《わたし》の肉体へと降り立った。


「あら、本当ね。わたしの顔じゃないわ」

石造りの室内で——

小さな鏡を覗《のぞ》き込んで愛歌が呟《つぶや》く。

私は、今は音声としての言葉を放つことはできないし、明確なメッセージを伝えることもできないから、意識の欠片《かけら》で同意の気持ちを思うくらいしかしてあげられない。

私の肉体は完全に愛歌の制御下にある。

きっと、そのせいなのだろう。愛歌の仮初めの肉体の一部である眼を通じて目にした鏡に映っているのは、私には、愛歌の姿そのものに見えてしまう。

対して。あなたにとっては、鏡に映っているのはきっと私の顔。

「そういうことなのね、今のわたしは、わたしではない」

鏡を見て、状況を再確認。

少しも驚いていないように見えるけれど、実際は、少し驚いてる？

愛歌は頬に手を当てて、顔の造作を確かめるようにしていて。

「そろそろ、話をしましょう。マスター」

少し離れた場所から『彼女』が言う。

鏡を見て考え事をしている愛歌とは対照的に、武装状態の『彼女』は油断なく周囲への警戒を怠らない。当然だ。この薄暗い部屋も《迷宮》の一部。つい先刻の通路とは違い、怪物の類が自然発生しないと思われる領域ではあっても、どんな仕掛け罠《トラップ》があるか分からない。人間なら良くて即死、魔術師はおろか英霊であろうと大きな損害を与える類のモノがあってもまったく不思議じゃない。

恐らくは、魔術師の私室だろうか。

この《迷宮》を作り上げた存在のそれであるかどうかまでは不明。ただ、古びた木製の研究机の様式はあからさまに中世期の魔術師に特有のものであり、壁のひとつを埋め尽くす複数の棚には所狭しと魔術触媒なり培養用硝子《ガラス》瓶なりが並んでいる。

パラケルススの私室に少し似ている——

今のは、愛歌の感想。私は愛歌の記憶に強く干渉できないようだから。

「そうね、わたしもお話ししたい」

「はい」

蒼銀の鎧に身を包んだ英霊である『彼女』には、現在の私、というか実質的には愛歌へと変わったこの肉体がどう見えているのか。つい先刻、この《迷宮》の中でだけという仮

初めの条件で召喚と契約を行ったばかりの私自身の姿に見えているのか、それとも。

「……どうやらあなたには特殊な事情があるようですね、マスター。私が現界を果たした瞬間、あなたは私の目前で姿を変えたように感じられましたが」

「ええと、ね。まずひとつ、確認しても良いかしら」愛歌が振り返る。

「どうぞ」

「あなたには、今のわたしの姿、どう見えていて？」

「ドレスに身を包んだ少女に」

「そう。——そうなのね」

成る程。私は理解した。

愛歌もきっと同じように考えた筈だ。

この肉体は、今や、完全に沙条愛歌のものであるに違いない。元の持ち主である私の存在については、愛歌自身しか感知し得ない。だからセイバーも私も、もう、この肉体を見ても愛歌の姿しか見ることは敵わない。

「だいたい分かったわ。わたし、この子とくっついてしまったみたい」

「はい？」

当然、『彼女』の瞳に疑問が浮かぶ。

愛歌の端的な言葉は決して間違いではなかったけれど、やや伝わり難い。

「そのせいかしら。いつもとあれこれ違うの。魔術も、あまり使えないし——」

言いながら鏡を置いて。

右手で、空中を摑《つか》むような仕草。

白い指の先に煌めく魔力の光が私にも見える。一秒と経たずに、愛歌の掌《てのひら》の上には直径十数センチの結晶体が生み出されていた。無からの有。魔術の素養のない者であれば、高名な科学者であろうとそう捉《とら》えるしかないだろう。けれど違う。

大気中の大源《マナ》を凝集させた、高密度魔力の結晶化！

一人前の魔術師であろうと数日は掛かるものを、こうも、あっさりと。

「これは……魔術には疎い身ですが、驚嘆すべきわざであると私にも分かります」

「いつもなら、もっともっと大きい石になるのだけれど」

残念そうな愛歌の声。

でも。何か。

何処か明るい響きが混ざっているような？

「えいっ」

可愛い掛け声。

単音節の魔術詠唱ですらない、ただの少女の掛け声でしかないのに。

形成したばかりの結晶を消費しての魔術行使。愛歌の真上に、天井にまで届きそうなくらいに大きな怪物の姿が浮かぶ。ああ、危ない。これは危ない。私が通常通りの私のままでこれを見ていたら、恐怖のあまり失禁していたと思う。

あり得ざる異形の怪物だった。

爬虫類《はちゅうるい》と昆虫を混ぜたかのような外観。内骨格生物なのか外骨格生物なのか、地上に正しく生きるどの生命とも異なる気配を漂わせた存在。

そういうものが、空中で僅かに実体を得て──すぐに消える。

降霊術、もしくは召喚術？

それとも魔獣の類を瞬間的に精製してみせたのか。

「マスター。今のは？」流石、『彼女』は微動だにしない。

「ええ、ちょっとした使い魔を作ろうとしたのだけど……」

「あの巨大な前脚、如何《いか》にも精強で魔力に満ちていました。大したものですね」

「でも、数秒しか保たなかったわ。これじゃ、せいぜい色位《ブランド》の下の方くらいの力しかないわ……ごめんなさいね、みっともないものを見せてしまって」

本当に。嘘偽りなく。

恥入るように頬を赤らめながら、愛歌が言う。

礼儀を知る淑女《レディ》が礼を失してしまったかのようにして、今にも消え入りそうな程に、申し訳なさそうに。色位と言えば、一流の中でも更なる一流であると魔術協会によって認められた魔術師にのみ与えられる位階なのに。それを指して、こうも恥ずかしそうに赤くなって俯《うつむ》くなんて。

愛歌。あなたは——

普段、どんな力を行使しているというのだろう。きっと、私程度で把握できるものじゃない。

想像するのは止めておこう。

「マスター、貴女が強力な魔術師であると理解しました。ならば私は、我が真名を明かすことに躊躇《ためら》いはしません。我がクラスはセイバー、そして——」

「アーサー王」

「！」

「星の輝きたる聖剣を振るいし王。真名、アーサー・ペンドラゴン。違う？」

さらりと。簡単に。

サーヴァントにとって秘匿すべきである真名を言い当ててみせた。

触媒を有した召喚でもないのに、愛歌はそうしてしまう。いつものように、世界のすべてを見通すことができるから——ではなくて。あなたは、あなたにとっては夢でしかないこの場所でさえ、多くの探索者や魔術師が命を落とした《迷宮》の中に在ってさえ、沙条愛歌であるのでしょうね。

だから、分かる。名前。

性別が変わってしまっていたとしても。

世界が変わってしまっていたとしても。

愛しいひとの存在《なまえ》を、言い間違える筈がない。

「確かにそれも、私の名です。アルトリア・ペンドラゴンこそが真名ではありますが」

「綺麗な名前。ええ、とっても」

「あ、ありがとうございます」

不意を突かれて『彼女《セイバー》』が揺れる。

すぐに、その眼差《まなざ》しは真剣さを取り戻すけれど。

「……表向き、確かに私はアーサーと呼ばれていました。伝説や歴史にもそのように残されている筈です。故にこそ、私の姿のみを見て、宝具さえ見ずに、真名を言い当てられようとは……思ってもみませんでした」

「宝具は、エクスカリバー？」

「その通りです」

まっすぐに『彼女』が頷《うなず》く。

愛歌は、その様子を見つめながら柔らかく微笑んでいた。

少し、残念そうに。少し、寂しそうに。

「……やっぱり、そうなのね」

「やはり、とは？」

「あなたよ、セイバー。星の内海で鍛え上げられた聖剣を持つあなたが、ここでは女の子だなんて——可愛いけれど、綺麗だけれど、決してあなたのことは嫌いではないけれど、わたしのセイバーではないわ」

「??」

「あのね」

疑問に唇を閉ざすサーヴァントへと、愛歌は語る。

幾つかの言葉を。

是が、愛歌にとって一時の夢に過ぎないこと。

きっと何かの間違いのようなものであること。

この肉体は、本来、他者の——つまり私の——ものであるということ。

早く、夢から醒《さ》めて、愛歌にとってのセイバーの許《もと》へ戻らなくてはならないこと。

すべての言葉をセイバーが理解できたかは分からない。もしも私が彼女と同じ立場だとしたら、この才能に溢《あふ》れた魔術師の少女は、およそ《迷宮》の恐怖に耐えきれずに正気を失ってしまったのだと判断するだろう。

だから、私は驚いてしまう。

愛歌の説明を受けてから、セイバーが頷きながら述べた内容に。

「完全に理解した、とは言い切れません。ですがこの《迷宮》の中であれば、そのような事態も時には有り得るのでしょう」

「そうなの？」

「はい」

返答には迷いがない。

其処には、揺るぎない確信と強固な意志があって。

「故にマスター。貴女は――

この《迷宮》の亜種聖杯戦争を終わらせなければならない」

――世界の何処かに存在する魔窟《まくつ》。

――立ち入る者のすべてを喰《く》らい尽くす、悪名高き《アルカトラスの第七迷宮》。

あらゆる階層にひしめく、数多《あまた》の危険。

幻想種、合成獣、自動人形。致死の罠や結界。およそ数限りなく。

過去、探索者が少なからず此処へ挑んだが、誰ひとりとして戻る者はなかった。

無力な人間だけではない。
魔術協会より派遣された魔術師さえもが攻略叶わず。

そして現在。
この《迷宮》の最下層に、何者かが亜種聖杯のひとつを設置・起動した。

自動的に召喚される四騎のサーヴァント。
神話、伝説、伝承、歴史。
人によって語り継がれる存在——壮絶にして絶後の力を備えて現界する英霊たち。
これらの四騎にはあらゆる行為が許される。
敵対し、殺し合うことも。
共闘し、助け合うことも。

四騎いずれもただひとつの地点を目指す。
すなわちは、最下層。亜種聖杯が設置される最深にして最奥なりし部屋。
亜種聖杯を〝入手〟もしくは〝破壊〟するために。

「亜種聖杯？」

「はい。アインツベルンの第三魔法を中心として創られた願望機たる大聖杯を模造した、偽りの聖杯です。決して、真なる願望機ではない」

「ふうん、そう。模倣聖杯とは違うのかしら」

愛歌とセイバーのふたりは《迷宮》の中を慎重に進む。

薄暗がりの中で——

セイバーは絶えず敵性存在の襲来を警戒しながら。

愛歌は、彼女の少しだけ後ろを付いて歩きながら。

ふたりとも足音は殆どない。魔力によって構成された金属鎧を纏ったセイバーは、流石、人智を超えた英霊だけのことはあると素直に思える。愛歌については、私はいちいち驚いてしまう。私よりも幼いかもしれないこの少女に不可能など在るのだろうか？

否。少なくとも此処では、在ると断言できる。

事実として愛歌は、この《迷宮》が何であるのかさえ知らなかった。亜種聖杯についてさえ、こうしてセイバーに尋ねているのだから。

色位に等しい魔術を操るけれど、きっと、全能ではない。

「亜種の聖杯でも、聖杯戦争を行えるの？」

「はい。ですが、召喚される英霊は決して五騎を超えることはありません。今回の亜種聖杯に於《お》いては、四騎のみ」

「それを倒せばいいの？」

「いいえ、マスター」

曲がり角で一度立ち止まって。

セイバーは、淡く光を放つ鉱石——先刻の部屋で得た魔術触媒に愛歌が魔術を掛けたそれをカンテラ代わりに前方へ掲げながら、罠の有無を確認。数多の会戦で勝利を収めたという戦場の英霊であって、こういった探索に長《た》けてはいない、と申し訳なさそうに彼女は語っていたものの、なかなかさまになっている。

私の個人的経験から言えば、曲がり角では鏡が役立つのだけれど、肉体の片隅に残った僅かな意識に過ぎない私には、愛歌やセイバーにそれを伝える術《すべ》はない。

「今回の亜種聖杯戦争の勝利条件は、最下層、最奥の部屋への到達です。亜種聖杯を見つけ出し、手にした者が勝者となります」

「それで、勝者が願いを叶える？」

「……どうでしょう」

セイバーは僅かに首を振る。

「亜種聖杯は紛《まが》い物です。願望機としての機能は、真の大聖杯には及ばない」

「そう」囁《ささや》くように愛歌が応える。

「魔術師たちが大願とする、根源の渦への到達もあり得ないでしょう。自動的に召喚される私たち英霊の願いも、何処まで叶うものか」

「言いにくいのだけれど」

僅かに、言い淀《よど》む間が在った。

自分の言葉が落胆を導くかもしれないと考えたためだろうか。

きっと、そうだと私は思う。私の肉体に収まってしまった現在の愛歌は、彼女にとっての〝普段通り〟であるところの機能を失っている。たとえば、そう、すべてを見通すかのような目であるとか。

「あなたの願いは叶わないと思うの。あなたが、わたしの知るセイバーと、姿形は違っても同じセイバーで、同じ願いを抱いているのなら」

「……奇遇ですね、愛歌。私も同じ想いです。ならばこそ」

一度、言葉を止めてから。

静かにセイバーは愛歌へと宣言する。

声。僅かに、冷たい石の通路へと反響させながら。

「私は亜種聖杯を破壊します」

「……ええ、そうね。

考えてみたけれど、わたしも同じ風に思うわ。セイバー」

愛歌の声は届いているだろうか。

鈴の音が鳴るような可憐の響きは、たった今は轟音《ごうおん》に掻《か》き消されてしまう。

「願いを叶えるには不十分。それでも、英霊を現界させられるくらいには魔力量があるだなんて、なんだか中途半端で嫌だわ」

きちんと聞こえるように。

愛歌は、セイバーの耳元で語り掛けるようにはしているのだけれど。

どうだろう。これは聞こえているのだろうか。それどころではないようにも、見える。

幾つ目かの曲がり角を曲がった先で——

ふたりの前に現れたもの。

仕掛け罠。発動させないことにこそ盗掘者、もとい探索者の腕が試される類の、いざ発動してしまったらどうしようもない、並の人間であればまず圧死は確実であるところの致死の罠。私自身、あれには何度かお目に掛かった実体験がある。

つまり、轟音で愛歌の声を邪魔してしまうもの。

通路の奥から、ぎゃりぎゃりと周囲の石壁と石畳を削る嫌な音を掻き鳴らして迫る、通路いっぱいを埋めてしまうほどの――それでいて、見事に計算されていて途中で止まったりすることのない巨岩！

圧倒的な質量と速度。発生する運動エネルギーを想像するだけでぞっとする。

魔力を帯びていない質量攻撃程度ならばサーヴァントは耐えられると聞くから、受け止めるのもそう難しくはないだろうに、セイバーは見るからに焦りの表情を浮かべて、迫る巨岩から逃げている。走っている。愛歌を両腕で抱きかかえながら。

ああ、そうか。

私はひとつの納得を得る。

セイバーひとりであれば無事だとしても、マスターである愛歌は違うのだ。

少なくとも、巨岩に耐えきれないとセイバーは判断している。愛歌自身、ただの人間と変わらない私の肉体と一体となっている現在の自分自身が、巨岩に押し潰《つぶ》されればどうなるかは理解している筈だ。

多分。恐らく。けれど。

「セイバー、聞こえていて？」

「愛歌ムリです！　今は、会話は中止です！」

「なんだか上り坂になっていたから、変ねとは思ったのだけど」

「それだけであの速度は説明できません、魔術による加速が掛かっています！」

「わ。行き止まりよ、セイバー、ほら向こう」

「──押し通りますっ!!」

「追いつかれたらぺしゃんこね！」

心なしか。

愛歌の表情、華やいだものであるような？


果たして、巨岩は愛歌（と私の肉体）を殺害することはなかった。

行き止まりの壁を蹴《け》り込んだセイバーは、見事、愛歌を抱えながら体勢を整えることに成功したのだ。凝集された風を纏う不可視の剣の一撃によって巨岩は粉々に砕け散り、致死の運動エネルギーを伴って無数に飛来する破片も、セイバーが片手で振るう剣によってその殆どが打ち落とされていた。

残り僅かの破片は、愛歌が単音節で放った魔術の行使で無事に払い除《の》けた。

「真面目に詠唱をしたのなんていつ以来なのかしら」と朗らかに告げる愛歌の声は、この薄暗い空間があらゆる生命体を苛《さいな》む《迷宮》であるという事実を忘れれば、とても、愛らしいものに聞こえて。

思わずどきりとした。

ややあって、ほっと安堵《あんど》した。理解と共に。

間違いない。私ならもう「嫌だ」「帰りたい」と音を上げているであろう状況に、沙条愛歌という少女はまったく別の感慨を抱いているのかもしれない。

力を制限されたこの状態を。

事態が分からない、という周囲のすべてを。

愛歌は——

「マスター。私の後ろへ!」

通路内の空気がびしりと震える。

私の漠然とした思考は、セイバーの声によって完全に停止していた。

次に。愛歌のものとなっている眼を通じて、把握する。

愛歌の視線の先、セイバーの更に数メートル向こうの石壁に異常が在る。ばきばきと剝《はく》離《り》する音を立てながら、通路の壁面が変形しているのだ。肌で感じられるほどに魔力の存在を思うのは、この肉体の現在の所有者が愛歌であるためだろうか。

石壁が。変わる。

三メートル以上はあるだろう通路の天井すれすれまでのサイズの、石の人型。

幻想種、違う。合成獣、違う。

これは《迷宮》を造り出した魔術師の残した岩石の巨像《ストーンゴーレム》だ。

魔術による人造の守護者。私はその方面には明るくないものの、確か、この手のものはカバラに類していた筈。人の造り出す人型。けれども同じ人型として形成されるホムンクルスとは異なって、およそ戦闘のみに機能を特化させられた魔術的存在。

幾つかの記憶を私は思う。

魔術に関わる遺跡を獲物とする探索者にとって、出会ってはならない相手！

侵入者を排除する絶対の機構、感情なき殺戮《さつりく》装置。

条件反射的に、私は意識の欠片を強《こわ》ばらせてしまう。愛歌の制御する肉体のほんの一部で、私は、震える。怖い。怖い。あれは駄目だ。あれには、どんな懇願もどんな悲鳴も通じはしない。貌《かお》なき頭部でこちらを見ながら、何もかもを磨《す》り潰す！

「大丈夫よ。だって、セイバーがいるのだし」

愛歌の囁き声。

まるで、私にだけ届くかのような。

錯覚に違いない。愛歌は、私の存在はともかく意識や思考を読み取れない。だって、私はぎりぎりなんとか存在しているだけだから——

「撃破します、愛歌」

言葉ひとつだけ残して。

セイバーの姿が——見えなくなる。

迅《はや》い。迅すぎて私には視覚情報を読み取れない。なのに、愛歌は視線をまっすぐ前に向けたまま微動だにしない。見えているのだろうか、彼女には。

まず、音が幾つか。それから、激しい風。前方へ向かって放たれた衝撃波の余波であると分かったのは数秒後だった。気付けば、出現したばかりのゴーレムが両断されていて。

縦に真っ二つ。

セイバーを叩《たた》き潰すために振り上げたであろう片腕がそのまま崩れていく。

凄《すご》い。凄い！

これが、最優のサーヴァントによる戦闘行動！

「やっぱり、あなたはセイバーね。とっても強い」

「まだ来ます！」

小さく呟く愛歌の声に応じるようにして、セイバーの姿が現れる。

ほぼ同時に。通路左右の石壁から第二、第三のゴーレムが変形・出現・起動。二体では到底済むはずもない。三体、四体、五体。ほんの一呼吸の間に、視認できない程の数の巨像が通路前方に溢れてしまう。これでは幾らセイバーが精強であっても、一体を倒している間に他の何体もが押し寄せて来る。

一度、この通路から離れた方がいい——と、私が思うよりも、先に。

「───」

愛歌の唇が旋律にも似た音を放って。

セイバーの筋力パラメーター上昇、及び、耐久力パラメーター上昇の魔術が同時発動。

それだけでは終わらない。こちらへと殺到しようとするゴーレムすべての足首を、石畳が変じた〝石の腕〟が掴んで繋ぎ留めていた。私が得意とする転倒《スネア》の魔術に似ているけれど、ううん、使用している魔力も行使している技術もまるで桁《けた》が違う！

「ふふ。石には石を、なんてどうかしら」

微笑む声を背にして。

弾丸のように──

いいえ。きっと、そんなものより遥《はる》かに速く。

前方へ突撃するセイバーの刃《やいば》が、一息に、幾多の巨像すべてを斬り伏せる。

異常なまでの高速戦闘に眼が適応したのか、愛歌の視線が私に馴染《なじ》んだのかは分からない。でも、確かに、一連の攻撃を私は認識していた。

こんなにも壮絶で美しい剣舞。

私は、これまでに一度だって見たことはなくて。

時に、薄暗い通路を慎重に進んで。

時に、侵入者の排除を目的とした仕掛け罠に遭遇しながら。

時に、怪物を打ち砕きながら。

セイバーと愛歌は《迷宮》を危なげなく進んで行く。

たったふたりの探索行なんて上手《うま》くいくのだろうか、と少なからず私は思ったし、実際のところ彼女たちはこういった状況に慣れてはいなかった。かえって、それが功を奏したと見るべきなのだろうか。

それとも初心者の幸運《ビギナーズラック》であるとか。

否。これこそ、素養や才能、もしくはあまりに高い基本性能の成せるわざか。

通路を進み始めてから数時間後。

ふたりは、罠や怪物のいない〝部屋〟を見付け出していた。

「あまり歩き通しじゃ、疲れてしまうものね」

「同意します、愛歌。休息は肝要です」

「そういえば、今はどれくらいの時間なのかしら？　夜？　それとも朝？」

「私の感覚では、深夜ですね」

「そうなのね。ありがとう、セイバー。……こんなの初めて」

小さく告げて、愛歌が笑う。

言葉の意味をセイバーは知り得るだろうか。

私には、分かる。

正確には想像をするだけではあって、真に愛歌の思考を理解しているとは言い切れないのだけれど、多分そうだろうとは思える。時間。今、現在時刻を愛歌はセイバーに確認していた。それは〝普段通り〟の愛歌には、あり得ない筈だ。

周囲を把握すればいいし、自己を認識すればいい。

それが愛歌には可能であるし、むしろ、常時分かっているのだろうとさえ。

でも。今は、違うのだ。

疲労など起こり得ない肉体も、数時間も歩き続ければ大いに疲れる。

事実、愛歌の歩みは些《いささ》か遅くなっているし、足首なりに痛みを覚えている可能性も。

「すみません、愛歌。この部屋はあまり休息に向いてはいない」

「いいのよ。この分じゃ、どこだって石造りなのだろうし、変わらないわ」

「せめて、まともな探索用の装備があれば……」

それは私のせいだ。

私が、装備一式を《迷宮》入口付近に落としてきてしまったから。

あそこで遭遇した魔獣の一種と思《おぼ》しき大蛇に私が錯乱したりしなければ、今頃、愛歌はむき出しの石畳や硬すぎる石の椅子ではなく、毛布の一枚でも敷いた上に横たわれもしただろうに。何もできない。

申し訳なさで、私の意識が揺れる。

「あのね、休息しなくちゃいけないのはわたしだけではないでしょう?」

「それは……」

「分かってるんだから。だって、あなたはセイバー。わたしのセイバーと同じなら、あなたには休息が必要だし、栄養補給だって必要よね」

「……すみません、愛歌。事前に伝えておくべきでした」

ふたりは何を話しているのだろう?

私には分からない。

何とか、状況と言葉の内容から推測してみよう。

と。私が思っているうちに、愛歌は奇妙な行為を始めていた。奇妙。ううん、彼女が行おうとしているそれ自体はとても分かりやすくて、ああ、あれをするのねと思えるものではあって——奇妙に思うのは、何故それをするのか、ということ。

「かたち」

一言のみの魔術詠唱。

何もない空間からかたちあるものを生み出す、投影魔術。

愛歌の前に出現するのは、金属製の道具。武器ではなくて、鍋《なべ》やフライパン？

「流れるもの」

次に、水の元素変換魔術。

投影された鍋の中にたっぷりと水が溜まっていく。次に、愛歌は火を生み出して。

「消えてしまう前に調理しなきゃね」悪戯《いたずら》っぽく笑って「食材は大丈夫、ここへ来るまでに戦った幻想種や合成獣のうち、食べられそうな〝パーツ〟を確保しておいたから」

「私はてっきり、魔術の触媒にするものとばかり」

「ふふ、外れ。さあ、美味《おい》しくできるように祈っていてね、セイバー」

「……すみません、愛歌。私は、あなたの行動を理解しきれていませんでした」

「わたしのセイバーはいっぱい食べるひとだけど、あなたはどうかしら？」

ああ、間違いない。

水。火。怪物の肉《パーツ》。美味しく。そのための器具。

——料理を。愛歌は始めていたのだった。

合成獣のヒレ肉のステーキ。

合成獣の内臓肉の煮込み。

殺人兎（仮称。正式名不明の魔獣）の骨付きもも肉のあぶり焼き。

献立は以上のもの。

主な材料は、この数時間でふたりが倒してみせた生物型の怪物の肉類。

更には、最初に愛歌が鏡を見ていた部屋、すなわち魔術師と思しき者の部屋で見付けた魔術触媒としての樹精《トレント》の根などを野菜がわりにして。だから、煮込み料理はきちんとシチューのようにも見える。ちゃんと野菜が入ってるようにも。

味付けについては、概《おおむ》ね塩。岩塩だ。

「お塩があってよかったわ♪」

「塩ですか？」

「ええ、岩塩。これもさっきの部屋にあったのだけど、きっと何かの魔術儀式の触媒なのでしょうね、保存の魔術がかけられていたし」

岩塩は魔術の触媒としてよく用いられる、とは聞くけれど——

まさか。まさか。まさか！

こんな風に、幻想種や合成獣で作る料理の味付けに使うだなんて！

どんな味がするかしら。
美味しくできてくれると嬉《うれ》しいのだけど。

いつもならすべてが〝わかる〟のに、今は、何もわからない。
いつもなら幾らかの〝鍵《かぎ》〟を掛けて、幾つかの事柄を見ないようにしていて。
料理が美味しくできているのかも、そう。

わたしは今は〝鍵〟を掛けていないのに。
不思議ね。
料理、美味しいのかどうか、わからないの。
これは、亜種聖杯のせいなのかしら。

それともわたしのせい？
夢を見ようとして、わたし、微睡んでしまったから。
なら文句なんて言えないわ。
全部、わたしのうっかりのせいなのだもの。

嗚呼《ああ》——

でも、わたし、今——

わたしのセイバー。
わたしのアーサー・ペンドラゴン。
蒼色《あお》と銀色を纏う、誰よりも強くて誰よりも尊いあなた。
あなたに会えなくて、とっても寂しいのに。悲しいのに。
涙、溢れてしまいそうなのに。
胸、張り裂けてしまいそうなくらいなのに。

でも。でもね。
わたし、ほんの少しだけ——

ACT-2

Fate/Labyrinth

幻想種——

文字通り、幻想と神秘に生きる種の生命体を指す名称だ。

その性質や神秘の多寡によって、魔術師たちは彼らを位階《ランク》に区分する。

魔獣。幻獣。神獣。

恐るべき超常の存在だ、と端的に表現してしまって構わないだろう。

物理法則としては有り得ないまでの〝在り方〟を幻想種はしばしば顕《あらわ》す。時に、体躯《たいく》を支えきれる筈《はず》のない小型の翼で自在に飛行し、口や鼻からは火炎の息を放ち、自在に水面を駆けることさえある。熱核反応にも等しい威力を有した魔術的老廃物を撒《ま》き散らす、等の伝説が存在する個体も在るという。

想像された獣。怪物。

魔の如く、幻の如く、神の如く。

古き伝説の中にしか存在しないモノ。

実在せざる幻想。

然《しか》して、かたち在る神秘。

博物学の世界に於《お》いては長らく、動植物として一般に認識されている既知の生命と区別されることがなかったという。犬猫や馬や草木の形態や生態をつぶさに記す傍らで、竜や怪物や妖精といった幻想についても、同様に知識として人は記録した。

現実と幻想の差なく。

或《ある》いは、過去の時代、異形の生物群は我々の傍らに息づいていたのかもしれない。

少なくとも、私たちの社会——

魔術の世界ではそのように認識されている。

幻想種は確かに在った、と。

地上の生命の系統樹から外れた存在。超常の力を湛《たた》えた神秘そのもの。これらの生物群は伝説のままに厳然とかつての世界に在って、現在は、その多くが姿を消してしまったに過ぎない。それでも、完全に消え失せた訳ではない。

魔獣程度の存在であれば、魔術師は召喚・使役することさえある。

また、現在であっても未開地あたりであれば棲息《せいそく》個体が発見される例もあるという。

人跡未踏の過酷な自然域であるとか——

それこそ。まさしく。

踏破されざる伝説の《迷宮》である、とか。

では、この大広間——

暗がりの《アルカトラスの第七迷宮》第一層の最奥地点。

周囲一帯には水が薄く張り巡らされて、かろうじて床を視認できるかどうか。あちこちに点在する完全に床が見えない部分については、恐らくは落とし穴状に加工でもされているらしく、数メートル級相当の水深で以《もっ》て犠牲者を待ち受けている。

この空間の中央。

我が物顔で出現した生物についてはどうだろう。

石床を直接踏み付けることなく、水面を優雅に闊歩《かっぽ》する四足獣。ぱしゃりと水音を立てながら広間に足を踏み入れたセイバーと愛歌《まなか》へと目を向けて、濡《ぬ》れた鬣《たてがみ》を振り乱しながら、大きな鼻息をひとつ鳴らしてみせるこの獣は。

不気味に青ざめた馬。

一見すれば、誰もがそう言うだろうけれど。

馬の尾は、通常、魚の鰭《ひれ》に酷似した形態だろうか？

馬の蹄《ひづめ》は、通常、沈まずに水面に立つのだろうか？

「水の馬《ケルピー》でしょう。恐らくは」

「お馬さんね？」

「穏やかな外観ですが危険な魔獣です。曰《いわ》く、少女の肉を好んで喰《く》らう獣だとか」

「まあ、恐い」愛歌が囁《ささや》く。

「マスターはここを動かずにいて下さい。すぐに仕留めます」

風を凝集したと思《おぼ》しき魔力に覆われた不可視の剣を両手で構え、セイバーが一歩、前に出る。水面は揺らがない。神秘にまで昇華される程に優れた剣士の歩法は、床を覆う薄い水に波紋をもたらすこともないのだろうか。

戦闘に際した動作だった。

馬が、反応して嘶《いなな》く。

水の馬。

魔術師たちは、是《これ》を視れば魔獣として分類するだろう。

別名アハ・イシュケ。

意味はセイバーの語ったものと変わらない。要は〝水の馬〟をゲール語に置き換えたものだ。ブリテン島北部に伝わる獣。その外観は大型馬に酷似していても、馬ではない。水面を自在に闊歩して走る水の魔。人を喰らう、凶暴の幻想。

水によって満たされた大広間を自在に駆け回り、猛烈な速度で襲い掛かる——

まともに視認できない程の高速には慣れたと思っていたのに、この猛速！

ぞっとする。けれど。

セイバーは遅れを取らない。水の馬の速度へ完全に対応している。不可視の刃《やいば》と濡れた蹄との間で、幾度かの剣戟《けんげき》があった。魔力が激突する。光。火花とエーテルが散る。

高速移動、高速戦闘。水面に残るのは僅《わず》かな波紋がひとつ、ふたつ。

そこに不意の衝撃音！

大広間の中央に、巨大な波紋が発生。

水の馬が全力の突進を開始したが故の余波だと気付くのに、やや遅れた。

嘶く音は後から響いてきた。

突進する先は、狙い違《たが》わず——愛歌の立っている広間入口付近！

愛歌の視界の片隅で、愛歌の肉体の片隅で、僅かに残った私は思わず意識を引きつらせてしまう。有り得ざる獣が、こちらへ敵意を向けている。もしくは食欲か。それだけで私は恐怖する。怯《おび》える。

でも、愛歌は私とは違う。

私の肉体に在りながら、私とは異なる表情を浮かべて。

「————」

短い詠唱をひとつ。

即座に、魔術が発動する。

水の馬の突進を咄嗟《とっさ》に真正面から受け止めてみせたセイバーの背後から、愛歌は火炎を付与した飛礫《つぶて》を攻撃魔術として放っていた。出鼻をくじかれて苛立《いらだ》つ魔獣の全身に、見事、飛礫が次々と着弾する。

威力的には散弾銃のそれ以上ではないだろうか？

ただの生物なら、これで終わる。私はそっと内心で安堵《あんど》の息を吐きかけるも、淡い希望はぬるりと流される。砕かれるとか、弾《はじ》かれるとか、そういう表現はどうにも相応《ふさわ》しくない。だから、ぬるり。流される。

「あら。効かないの？」愛歌はぱちりと瞬きひとつ。「いかにも水のようだから、火が効くと思ったのだけど……」

「魔の水膜です。剣を弾き、矢を弾く！」

精強な騎士さえ喰らい尽くす強力な魔獣です、とセイバーが口早に告げる。

荒々しい鼻息で怒りを示す水の馬の頭突きまがいの一撃を不可視の剣で捌《さば》きながら、愛歌へと、振り返りもせずに。蒼銀《そうぎん》の鎧《よろい》の背中が頼もしい。彼女が剣士として前に立つのなら、きっと、竜種の幻想が相手だろうと味方は安全であるに違いない。

「水の膜」

ぽつり、と。愛歌が呟《つぶや》く。

その口元に悪戯《いたずら》っぽい微笑みが浮かんだことに、私も気付く。

「ダイラタンシー流体が魔術的に成立してるのかしら。じゃあ、これはどう？」

言葉の後、更なる詠唱。

魔術発動。

セイバーによって足止めされたままの水の馬へと、再び、火炎の飛礫が迫る。

一度は完全に弾かれた攻撃を再度。違う。詠唱内容が僅かに異なっていたのではないだろうか、と私の意識が感じた次の瞬間には、燃え盛る飛礫の幾つかは魔獣のぬめる肌を深々と抉《えぐ》っていた。青色の体液が――

不気味に青い血がしぶく。水面に数多《あまた》の波紋を散らす。

苦痛に、水の馬が激しく嘶いていた。

隙を見逃す筈がない。ほぼ同時、もしくはその寸前に、セイバーの剣が閃《ひらめ》いて。

水の馬が大きく飛び退く。後退したということだろう。不可視の刃に深々と首を裂かれながらも、驚嘆すべき生命力で以て未《いま》だ活動している。怒りの鼻息で水面を揺らす。

「見事です、愛歌」

「ふふ。ちょっと回してみたの」

剣を構えたまま感嘆を告げるセイバーの背中へと、愛歌が柔らかな声で応《こた》える。

ああ、成る程。

飛礫が通用した理由。激突させる飛礫を今度は回転させたのか。

まるで拳銃《けんじゅう》の弾丸のように。

非ニュートン流体ことダイラタンシー流体は慣性攻撃を防ぐ――まっすぐの力に対して自動的に圧縮し、抵抗が働く。散弾相当の慣性エネルギーだろうと弾いてみせるのだろうが、弾体が回転していれば話は別。つまり、この怪物を覆う魔の水膜は、運良く一般的物理法則と同様の性質を持っていたらしい。

『BRR……！』

水の馬は目に見えて怒り狂っている。

足場の悪い筈の大広間で自分に追い付いてくる蒼銀の剣士についても、攻撃を弾く水の膜を破ってみせた透き通った瞳《ひとみ》の少女についても。そう、瞳。愛歌の瞳。恐らくは、あの怪物にさえ私の肉体は見えていないだろう。

見えているのは、きっと、沙条《さじょう》愛歌の姿だけ。

魔獣は、憤怒する。愛歌へ。

直後——跳躍・形態変化・飛翔《ひしょう》。四足獣の姿を捨てた魔獣は、即座に有翼の〝水の鳥《ブーブリー》〟の形態へと変化して、上空から愛歌目掛けて狙い違わず襲い掛かろうとする、けれど。遅い。遅すぎる。高速戦闘に馴染んだ私には、もう、この程度の高速攻撃ならじっくり観察できてしまう。

突然の変身と上空からの襲撃。不意打ち？

そんなもの、成功しない。

セイバーが既に剣を振り抜いている。暴風一閃《いっせん》。鞘《さや》のようにして不可視の剣の周囲を包む風の魔力が、すべて、解放されていた。後に改めて彼女の口から聞いたところでは、その一撃の名は『風王鉄槌《ストライク・エア》』。

文字通りに風の王の槌《つち》が如き破壊力だった。

水の魔たる人喰いの獣は、元の形を想起するのが不明なレベルにまで粉砕されて。

「残念ね、食べるところがちょっとしか残ってないわ」

と、愛歌が少し残念そうな顔をした。


石造りの下り階段。

水が張り巡らされた大広間の片隅に、それはひっそりと存在していた。

不思議と水が下に流れ落ちて行くことがないのは、魔術による仕掛けなのだろうと私は見当を付けた。愛歌やセイバーにしてもそうだろう。

見る限り、階段は深い。

次なる階層——第二の階層へと繋《つな》がっていると捉《とら》えるのが順当か。

セイバーの語るところに依《よ》れば、すなわち亜種聖杯からもたらされた状況の前提知識に依るならば、この《アルカトラスの第七迷宮》は全四階層から成っており、階層の数字が増える毎に配置される怪物や罠が強力になるのだとか。

「この幻想種よりも強いのかしら？」

「どうでしょう。これは、この階段を守る首領格《ボス》であったようにも思います」

「そうなの」愛歌は足下の残骸《ざんがい》をちらりと見て「あなた、偉かったのね？」

階段のすぐ手前。

水たゆたう石畳の上には、食材になりそうなパーツをあらかた剝《は》ぎ取られた魔獣の残骸が横たわっている。言うまでもなく、たった今、撃破されたばかりの水の馬である。伝説の中に生きる稀有《けう》な存在、現代にあっては確認さえも困難な魔獣が、この《迷宮》内部ではあちこちに配置されている。

神秘に近しい魔術師であっても容易な所業ではない。

超一流の腕を以てしても困難だ。

すなわち《アルカトラスの第七迷宮》を建造した存在は、信じ難い程の魔術を修めていたということに他ならない。私たちは、幻想と神秘の胎《はら》の中にいる、と言っても過言ではない。貴重な体験をしていると喜ぶべきかも知れないが、到底、無理だ。

愛歌のものとなった肉体の片隅で、震えるばかり。

水の鳥へと形態変化する最中に絶命したせいか、馬の特長と水鳥の特長の両方を備えた奇妙な残骸を見ても、度重なる危険の連続に麻痺《まひ》した意識の欠片《かけら》は何も感じない。ああ、残骸だ、と思うばかり。

愛歌は意外と喜んでいた。

鳥肉が手に入るだなんて思っていなかったし、と。

私はその言葉に深く安堵せざるを得ない。人喰いの魔獣がこうも敵意を明確にして襲って来ても尚《なお》、愛歌はまるで、大型商業施設《ウォルマート》の生鮮食品売り場でメニューを考えながら微笑む料理好きの少女さながらの様子を崩さない。

精神が強い？

揺るぎない心理耐性、状況適応の精神構築《マインドセット》？

いいえ、違う。違うと思う。

在り方がきっと、柔軟で自然なのだ。

外からの力で脆《もろ》くも崩れてしまうような硬さがない。ダイラタンシー流体を連想するのは、それを見破られて絶命した水の馬に対して嫌味に過ぎるだろうか。

何にせよ、私は大いに驚きながらも愛歌の仕草と言葉に意識の欠片を和ませる。

だからこそ、次に、新たな状況が訪れても混乱と焦燥に陥らずにいられた。

状況。人物。

もたらされたのは、不意の声だった。

「こいつは驚いた。ケルピーを単騎で倒したのが、その剣を持つ英霊とはな」

若い男の声――

響くものはあれども姿はなし。

魔術。もしくは宝具による姿隠し？

けれど、隠れながらの攻撃を意識した行為ではないとは理解できる。本気で殺すつもりであるなら先んじて声は掛けないだろうと、いきなり攻撃を仕掛けるものだろうと、対人戦闘や暗殺にはまったくの素人である私にも分かる。

愛歌は「いったい何かしら」といった瞳でセイバーを見ている。

既に、セイバーは臨戦態勢を取っていた。

風の魔力を解放したが故にその刀身が露《あら》わになった〝剣〟を右手に構え、声が響いた方向を鋭く見据えながら、左腕で愛歌を庇《かば》って。

「それに、なぁ」

声は続く。同じ位置から。

やはり隠れるつもりはないらしい。

「今回の聖杯戦争にマスターの類《たぐい》はいないって話じゃなかったか？」

「そうなの？」愛歌が首を傾げている。素直に、声の話す内容を受け止めて。

「……はい。通常のサーヴァントであれば」

頷《うなず》くセイバー。

亜種聖杯戦争については、そう、彼女が自動的に所有している前提情報以外には判断材料がない。私も多くは知っていない。この《迷宮》に亜種聖杯が存在していること、何者かによって設置されたそれによって、亜種聖杯戦争が始まってしまったこと、ぐらいしか分からない。

そもそも私が、この危険極まる《迷宮》へと潜った理由は——

「素直だねえ。セイバー。あー、セイバーで構わんだろう？　その手にした得物はどう見たって剣で、どう見たってすげー代物だ。まさか実際にお目にかかるとは」

私は思考を中断する。

姿が見える。気軽な風に言葉を続けながら、声の主が全身を露わにしていた。

草木を思わせる緑の衣。軽装鎧。

軽戦士と呼ぶのが相応しいだろうか。

飄々《ひょうひょう》と、しかし視線は鋭く。明確な敵意はないように見える、けれど。

ただの人間ではない。

ただの魔術師や盗掘者、探索者の類ではないと理解できる。この《迷宮》をたったひとりでこんなに深くまで進むことができる存在なんて、人智を超えている。つまり。人智を超えて神秘にまで至った存在以外には有り得ない。

「サーヴァント・アーチャーだ。名乗りを上げるのがお好みならそうするが、まあ、真名については当然はぐらかすぜ。悪いな」

「いいや、クラスを明かすだけでも充分だ」

剣先を僅かたりとも揺らすことなく定めたまま、セイバーが応える。

空気が——

張り詰める。

幾つかの言葉のやり取りだけしか行ってはいないのに。

それだけであるのに、つい先刻の魔獣との戦闘行為の数倍以上の緊張感が、殺気とか、敵意とか、そういうモノの類が、静かな大広間のすべてに満ち溢《あふ》れるようだった。肉体のほぼすべてを愛歌に明け渡している状態で本当に良かった、普段通りの私だったら、震えているどころか。こんなもの。涙を流す程度で済めば良い方で、最悪、耐えきれずに何もかも忘れて吐いている。

「弓矢の一撃ではなく、声と言葉を先んじて放つからには理由があるな。アーチャー」

「おうよ。オレはどうにも、貴族《サー》の類は好きじゃあないが……」

緑の衣を軽く翻しながら、腕を組んで。

弓の英霊《アーチャー》を名乗った男は軽く肩を竦《すく》める。

「アンタは礼節なり騎士道なりを重んじるタイプだろうから、ま、せいぜい利用させて貰《もら》おうかと思ったまでだ。明かすのはクラス名だけじゃない。立場もだ」

「……聞こう」

「オレの目的は、亜種聖杯の破壊だ」

さらりと告げた一言。

それは――

ああ、そんなにも。簡単に口にしてしまって良い言葉なのだろうか。

かつて英雄として在った英霊というモノはそこまで強いのだろうか。

愛歌の自然な在り方とは訳が違う。

これは、言葉の内容が相手にとって受け入れ難いものであったなら、一秒と経たずに命と命のやり取りが交わされても不思議ではない、極限的状況を踏まえた上で敢《あ》えて選んだ行動なのだから。間違いなく、精神が、心が、強靭《きょうじん》であるということ。

「紛《まが》い物のお手軽聖杯なんざ、この世に在ってもロクなことにはならん。……というのはオレの考えじゃあないが、アンタはどうだ？ 伝説に違わぬ高潔なりし聖剣の王であれば、そういう風に言うんじゃないかと思ってね」

「……」

セイバーは無言。

愛歌は、そんな彼女の横顔をじっと見つめている。

「と言う訳で、だ。アンタも亜種聖杯の破壊を目指してるなら、どうかね、ここはひとつ共闘といかないか？ 何せ厄介な《迷宮》の探索だ。オレは役に立つぜ」親指で自分自身を示しながら、「専門の盗賊《シーフ》程じゃあないが、斥候《スカウト》なら専門だ。仕掛け罠《トラップ》の類は得意分野でね」

考えておいてくれ。

また会った時にでも、返答を貰う。

そう言って、緑を纏《まと》ったアーチャーの姿がすうっと消えていく。

恐らくは宝具。気配の類を察知できるような感覚も能力もない私にさえ、ああ、彼は完全に消えてしまったのだと思わせる、超常の事象。もしくは機能か。姿隠し《コンシール》の技術は魔術にも存在しているものの、敢えてこうしてセイバーと愛歌に対して見せ付ける、という決定的な行為はやはり、共闘の呼びかけが偽りではないと示すためなのだろうか。

姿を消して。尚も、声を響かせて。

「第一階層から第二階層への下り階段は、アンタたちが見付けたこれで三つ目だ。残りふたつはボスのいない隠し階段だが……他の連中《サーヴァント》に攻略されてるから、せいぜい第二階層は気を付けて進むこった」

既に、第二階層では二騎が探索を始めているということか。

更に幾つかの言葉を彼は残していった。

声。情報。

「一騎は、対集団戦闘にすこぶる強い」

正確なものか、嘘偽りか。

判断材料は多くない――

「もう一騎は、オレ以上に施設潜入と探索に秀でている。ま、専門家だなあれは」

――多くの犠牲者を生み出した《アルカトラスの第七迷宮》。

――何故、このような魔窟《まくつ》が建造されたのか。

内部構造については、アグリッパの惑星魔方陣に対応するとの説が有力ではある。

他にも仮説は数多存在しているが、未だ、その全貌《ぜんぼう》については明らかになっていない。

魔術協会は公式な見解を示してさえいない。その実在にさえ言及しない。

自分たちの派遣した魔術師が犠牲となっても尚。

当然の帰結と言えるだろう。

この《迷宮》を通常の魔術師が理解するのは極めて困難である。

では、如何《いか》なる者であれば理解できるのか？

いいや。回答は控えておこう。

ただ、現時点に於いては。

亜種聖杯を用いたこの実験は、結果的にではあるが、迷宮造成者《ダンジョン・マスター》たる人物の〝在り方〟に対するある種の返答であるとは考えられないだろうか？

であれば、実験責任者は――

迷宮に遺《のこ》された貴重な品々についても、利用に際して躊躇《ちゅうちょ》などすまい。

配置された幻想種、合成獣、自動人形。

致死の罠《わな》や結界、のみならず。


「宝箱？」

「ええ、第一階層では見掛けませんでしたが」

死の空間である筈なのに。

常識をあっさり粉砕するほどの神秘と危険に満ちた、狂気の《迷宮》なのに。

ふたりの少女は輝いていた。

ああ、溜息《ためいき》が出そうなくらい。綺麗《きれい》に。きらきら――

無数の宝石が輝くかのような煌《きら》めきの場所で、愛歌とセイバーは会話していた。周囲には倒したばかりの水晶の巨像《クリスタル・ゴーレム》の破片が散らばって、未だ僅かにこびり付いたままの魔力の残光を淡く映し込んで、きらきら。無数の結晶体。無数のきらきら。

無機質で殺風景である筈の《迷宮》第二階層の一角が、一時的に、何だか。

おとぎ話じみた幻想の園であるかのように。

「そんなものがあるのね。第二階層《ここ》にはあるかしら」

愛歌が首を傾げる。

床に転がったゴーレムの頭部にちょこんと腰掛けながら、セイバーを見上げて。

「可能性は高いと思います」

セイバーが頷く。

マスターである愛歌の傍らに立って――

栄養補給のため、サンドイッチのようなものを一齧《かじ》りしながら。

勿論《もちろん》、愛歌が手ずから作ったものだ。サンドイッチに見えるのは、樹精《トレント》の根のスライスをパンに見立てて、水鳥のもも肉薄切りのあぶり焼きと大型食人植物《クリーピング・プラント》の葉（レタスに似て

いる）と果実（トマトに似ている）を挟んだもの。味は、悪くない。愛歌が一口味見をした時に、私も味覚を同期させて確かめてみたところ、根のスライスは東洋の餅《もち》のような食感で……。

「私以外のサーヴァントにとっては、死活問題でしょう。言葉のままに」

「マスターがいない、という話には関係があるの？」

「はい」

頷いてから、もう一口ぱくり。

よく嚙《か》んでから嚥下《えんか》して、セイバーは静かに言葉を続ける。

「本来の聖杯戦争に於いて、召喚された英霊がサーヴァントとして現界する際には、現世へ留《とど》まるための『要石《かなめいし》』の機能をマスターが果たすことになります。今回は、亜種聖杯が同機能を有していますが……」

「現界を維持するための魔力消費も、亜種聖杯が肩代わりするの？」

「いいえ、マスター。そこが問題なのです」

曰く。

召喚主である魔術師《マスター》は、魔力経路《パス》を通じて自らの生命力／魔力を英霊へと注ぎ込む。強大な魔力を秘めた存在である英霊たちにとって、所詮《しょせん》は人間の魔術師程度から注がれる魔力量は比率で言えば微量ではあるものの、この僅かな魔力なくして英霊は決して正しく稼働しない。

もっと言えば、現界の維持さえままならない。らしい。

魔術師からの魔力供給がなければ、英霊は消え去るのみということか。

「でも、アーチャーは消えてしまう寸前には見えなかったわ」

「適宜、魔力を入手しているのでしょう。《迷宮》をうろついている幻想種や合成獣、もしくは——宝箱に隠された礼装なりを通じて。そしてそれこそが、亜種聖杯戦争で召喚されたサーヴァントの特性です」

「ふうん」

ゴーレムの頭の上で、足を振って。

愛歌の声と表情からは不思議と疑問の色合いがすうっと薄まっていく。

「大変なのね。マスターがいないぶん、怪物を倒したり、宝箱を開けたりして、どんどん減っていく現界維持のための魔力を補充しなくちゃいけないなんて」

「致命的な弱点です」

「でも、あなただけは違うのよね。セイバー？」

「その通りです」

頷いて、最後の一口をぱくり。

セイバーの視線は、輝きの園の中に在る愛歌の瞳へと向いている。

言葉にせずとも分かる。私にも。

例外的に、彼女《セイバー》には愛歌が――正当なマスターが存在しているのだ。

紛うことなき正当の令呪を三画有するマスター。

更には、何らかの特殊な事情が在るようではあって、それも大なり小なり関係しているのだろうか。兎《と》も角、セイバーは他の三騎よりも魔力供給の面では申し分ない好条件であるのは確実だ。愛歌が在る限り、蒼銀の剣士は戦い続けられる。

しかし、完全に有利であると言い切れるだろうか？

これまでの情報を私なりに纏めてみよう。

思考を――たとえばサーヴァントごとに区切るとすれば、このようになる。

セイバー
霊体化できず――それ故にか、例外的にマスターを有する。
亜種聖杯については『破壊』の立場。
【特性】頑丈で、高い継戦能力。奥の手も強力。直感で罠回避も可能
【弱点】マスターがいる

アーチャー

亜種聖杯によって自動的に召喚されており、マスターはいない。
亜種聖杯については『破壊』の立場。
【特性】シーフ、スカウト的な立ち回り＋遠距離攻撃
【弱点】?、魔力供給に不安

???（三騎目のサーヴァント）
亜種聖杯によって自動的に召喚されており、マスターはいない。
亜種聖杯についての立場は不明。
【特性】集団に対して強力
【弱点】?、魔力供給に不安

???（四騎目のサーヴァント）
亜種聖杯によって自動的に召喚されており、マスターはいない。
亜種聖杯についての立場は不明。
【特性】施設潜入と探索に秀でる
【弱点】?、魔力供給に不安

一見すればセイバーに目立った弱点らしい弱点はない。

だが、この《迷宮》を進む時、ふたりがどのようにしているかを私は知っている。常にセイバーは前に出て愛歌を庇う。数多の怪物、罠、あらゆる危険から守り抜くために。事実、愛歌の白い肌には傷のひとつもないのだけれど。

それでも。

こと探索に於いては私も断言できる。

悪条件なのだ、身を以て守らなければいけない存在が傍らに在るというのは。

「魔力供給は他のサーヴァントよりも容易だけれど、わたしを守らなくちゃいけないぶん乱戦には向かないし……対サーヴァント戦闘ではとっても不利、ね」

「はい、愛歌」

ああ、ふたりとも理解している。

私が思考するよりも先にその結論には行き着いていたのだろう。

特に、セイバー。彼女は情報をこうして語る前から、常に他の英霊たちの存在を意識しながら愛歌を守ってきたのだろうから。出会った瞬間から、全力で。サーヴァントの存在と《迷宮》の危険とを相手取り、不安や懸念などただの一言も口にせずに。

「申し訳ありません、愛歌。初めから話しておくべき事柄でした」

「ううん、いいのよ。わたしの知っている聖杯戦争とはやっぱり勝手が違うし、何より、出会ったばかりの時はびっくりしていたから」愛歌は笑って「いっぺんに話されても、何がなんだかわからなかったでしょうね」

優しい嘘を吐いている。

それとも、心からの言葉だろうか。

私には分からない。

沙条愛歌は私の肉体に収まってしまったが故に、この《迷宮》に在って亜種聖杯戦争に巻き込まれてしまったが故に、この刹那《せつな》の間だけは全能ならざる身であるが故に、確かに混乱する可能性もある。同時に、自然に受け止める可能性も。

「……ありがとうございます、マスター」

「わたしこそ。いっぱい守ってくれてありがとう、セイバー」

ふたりの視線が交差する。

静かに、穏やかに。

欺瞞《ぎまん》や疑念、諍《いさか》いの芽はそこには存在しないように見える。

情報を隠しての駆け引きや、隠していた事実が明るみになった時に特有の嫌な空気というものは、商売柄、私も多く感じて来たものではあって。だからこそ、敏感に気付いてしまう。このふたりの間には、その類のモノが少しも存在していないのだと。

無垢《むく》の少女、清廉の騎士。
嘘偽りのないふたり。
恐ろしいまでに。
砕かれた幻想の生み出す無数の煌めきの中で語り合う、輝きの少女たち。
まるで現実感がない。なんて、幻想的なのだろう。
まるで、神話か、伝説か。
或《あ》いはおとぎ話の一幕に入り込んでしまったのだろうか、とさえ——

——何らかの実験場に選ばれた《アルカトラスの第七迷宮》。
——現在、此処《ここ》には特殊な仕掛けが存在している。
致死の罠、結界の類を指しての言葉ではない。
盗掘者や探索者の排除を目的として準備されたそれらとは基本思想からして異なる。
そもそも、本来の《迷宮》には、亜種聖杯など設置されていなかったのだ。

すなわち。亜種聖杯の設置に際して。
現在の《迷宮》を再設計《リ・デザイン》したアルカトラス氏ならざる人物は、何かを付け加えたのだ。
自動召喚された四騎のサーヴァント。
すなわち英霊、四騎。

マスターの存在しない四騎の現界を維持するために《迷宮》は変質した。
変質を強制された、とも言える。
およそ《迷宮》内に存在するあらゆる魔術的存在は、英霊四騎に消費される。
半ば自動的に、サーヴァントは倒した怪物や入手した礼装から魔力を吸収するのだ。
この時、四騎は魂食いのような行為を必要とはしない。

是は、惑星魔方陣を用いた儀式魔術に依る結果であると予想されるが——
仮説推論を進めるには未だ材料が少ない。
一刻も早く、追加の情報が必要である。

およそ一日以上が過ぎて。

第二階層へと至った《迷宮》の探索は、遅々として進んでいなかった。

初心者の幸運《ビギナーズ・ラック》も、流石に連続では続かなかったのか。

出現する怪物。扉。宝箱。

それらのすべてを攻略することはふたりには敵《かな》わなかった。

撃破した怪物、開いた扉や宝箱はおよそ八割に留まっていた。通路いっぱいに広がった灰色の不定形生物《グレイ・ゼリー》を倒すには大がかりな火炎の魔術が必要となり、現在の愛歌の魔力量ではそれを行う余裕はないと判断する他なく。同じように固く閉ざされた扉や宝箱を魔術や力でこじ開けるには、愛歌の消費魔力なり、罠が発動した際に費やされるであろうセイバーの生命力／魔力を鑑《かんが》みて、捨て置くしかなかった。

第二階層へ入ってから、初めての夜。

休息のために入った暗い一室で、魔術による灯《あか》りを点《とも》しながら、愛歌は誰に言うでもなく呟いていた。セイバーへ向けて明確に言ったのではなく、当然、愛歌の片隅に残留する私への言葉でもない。

ただ、何とはなしにこう言ったのだ。

「技術を持ったひとがいれば、もっと、スムーズなのでしょうね」

状況に対する率直な感想。

冷静な評価。

未だ、ふたりは第三階層への階段も発見していない。

第一階層の時のように、首領格の怪物が存在する部屋こそ発見できたものの、広い場所である上に数え切れない程に多数の俊敏な怪物が居座っているため、ふたりにとっては与《くみ》し難い。愛歌を守りながら戦うには、あまりに不利なのだ。

少しだけ。もどかしい。

私が、私の意識を愛歌に伝えることができればいいのに。

そうすれば、幾らかは探索の効率を上げることも可能ではないだろうか。一流であるとは自分でも言い難いけれど、一応は、専門家ではあるのだから。ここまで強力な壁として機能するセイバーと、数多の魔術を操る愛歌がいれば、恐るべき《迷宮》といえども無事に最下層まで到達できるかも知れないのに。

いいや。いいえ。

できないことを思考していても仕方がない。

私は、ただ、愛歌が何の言動を——何を見るのか、何を言うのか、何をするのかを感じ取ることしかできない。だから、今も、暗がりの一室で硬い床に横たわる愛歌の肉体を実感しながら、言葉の続きを待つ。

何かを考えている愛歌。

何かを感じている愛歌。

そして。

「ちょっと、面白いことを考えてみたわ。セイバー」

六時間後——
私は、信じられない光景を目にすることになっていた。

一触即発。

無理だ。

許して欲しい。こんな空気にはやはり耐えられない。

現在の私は肉体を有していないのに、体のすべては愛歌に明け渡しているのに、意識の欠片ぐらいしか存在しない筈の私は泣き叫びたい衝動に苛《さいな》まれていた。

でも、泣けない。叫べない。

吐くことも。

殺気。敵意。そういった常ならざる緊張の気配に充《み》ち満ちたこの空間、この時間に対して私はどうしようもなく震えていた。愛歌の体の一部を借りて、愛歌の瞳と耳を通じることで周囲の状況を認識しながら。

ひとつの空間に於ける許容量をとうに超しているような気がする。この張り詰めた空気、黒魔術なりと紐付《ひもづ》ければすぐにも何らかの効果をもたらすのではないだろうか。

泣きそうな私とは真逆に。

沙条愛歌は、明るく微笑んでいる。

あろうことか、セイバーから離れた位置で。

第二の階層に於ける首領格たる食人昆虫の群れ《インセクト・スクール》を、数百を超して数千規模にも及ぶ微小群体の怪物を、圧倒的なまでの面制圧力を有する攻撃魔術の投射によって速やかに殲滅《せんめつ》せしめたばかりのサーヴァント——恐らくは術の英霊《キャスター》に向かって、ドレスを纏って《迷宮》へと挑むこの少女は、笑い掛けているのだ。

「ごきげんよう」と。

自己紹介までしてみせた。

虚偽なく、自らの姓名を愛歌はキャスターへと伝えて。

胸元へ右手を当てて。可愛らしく左手でドレスの裾《すそ》をつまんで、お辞儀まで。

「まあ、可愛らしい。この《迷宮》に於ける唯一のマスターが何の用かしら？」

「すごい火力だわ、キャスター。わたし、驚いてしまったの」

微笑みを絶やすことなく、愛歌は応える。

第一階層に於ける首領格の広間に構造が酷似した大広間、けれども水の類は存在していない空間に可憐《かれん》の声が響く。気味の悪い暗がりが彩っていなければ、物語の中のお姫さまが魔法使いと話しているようにも錯覚しかねない。

キャスター。魔術に長《た》けた英霊。

見る限り、妙齢の女性であるようだった。

ゆったりとした頭巾《フード》に覆われて顔かたちの詳細は視認できないまでも、その口元に浮かぶ表情は、愛歌の言動に対応するようにして落ち着いていて。ああ、少なくとも次の瞬間に私の意識が愛歌の体ごと砕かれてしまうことはないと、いいや、どうかそうならないようにと私は願う。祈る。

「あれが神代の魔術なのね。わたし、目にするのは初めてだったの」

「ええ、そうでしょうね。私の魔術は女神ヘカテから教授されたもの。アナタたちの操るものとは違うのだから」

互いの言葉のひとつ、ひとつ。

穏やかに響く。

「もっと見てみたいわ、あなたの魔術」

「ありがとう、マナカ。素直な上に勇気のある娘。けれど、私は魔術の講義をしてあげる程には暇ではないの。分かるわね？」

「残念だわ」心底、残念そうに。

「そちらの剣士《セイバー》はずっと険しい顔をしているようね……アナタの望みは私と戦うことなのかしら。それなら、相応のものを見せてあげられるでしょうね」

「いいえ、キャスター。あなたとここで戦うつもりはないの」

言いながら。

ああ、愛歌がもう一歩前に進んでしまう。

数メートル背後に控えるセイバーが息を呑《の》むのが私にも分かる。

助けて、と叫ぶこともできずに私は意識を揺らす。愛歌はまだ微笑んでいる。優しく、明るく、朗らかに、花園で少女が誰かに向けてそうするように、小首を傾げながら自然と近付いて。言葉を続ける。

柔らかな唇を開いて、声、喉《のど》から舌に乗せて。

「本当にすごい火力。対集団の戦いに強いのは本当ね。これだけの数の〝群れ〟を瞬時に仕留めるだなんて。核の個体がどれかを探すよりも、ええ、その方が早いわ。でも」

「――魔力。そんなに消費してしまって、大丈夫？」

愛歌は微笑んでいる。
キャスターも冷静な口元を変えることはない。
けれど。
けれど。
一触即発の気配は、いっそう濃くなったように感じられてならない――！

「何をする気かねぇ、ドレスのお嬢ちゃん。
そんな風に魔女なんぞ挑発しちまって、一呑みにされても知らねぇぞ」
第二階層大広間を望む通路の角にて。
弓兵《アーチャー》は窺《うかが》っている。
緊張と戦慄《せんりつ》に満ちた、愛歌とキャスターのやり取りを。

「……面白い」

第二階層大広間の暗がりの何処《どこ》かで。

暗殺者《アサシン》はほくそ笑む。

結果は神のみぞ知る、運命の骰子《ダイス》が振られる瞬間を待ちながら。

ACT-3

Fate/Labyrinth

——ただ一騎の英霊《サーヴァント》であったなら、既に倒れていただろう。

暗がりの《迷宮》第三階層。

何処までも続くかのように奥まって、高すぎる天井には果てがない回廊地帯にて。

数多《あまた》の群れが集結していた。異常発達した筋肉を膨らませて唸《うな》る合成獣《キメラ》、恐ろしいまでの質量を誇る動く巨像《ゴーレム》、蜘蛛《くも》にも似た鋭い多脚を振り上げる自動人形《オートマタ》。それらの怪物の大群が押し寄せるさまは、最早《もはや》、絶対の死をもたらす軍団《レギオン》の到来にも見えてしまう。

事実、私だけなら間違いなく死んでいる。

英霊の一騎だけでもそうだろう。

弓の英霊《アーチャー》が射出する弓矢は、遠間から敵を倒しはすれど数十同時には殺せない。

影の英霊《アサシン》が行使する右手は、合成獣を一撃で斃《たお》すけれど人形には通じない。

術の英霊《キャスター》が詠唱する魔術は、驚異的な制圧力ではあっても無限ではない。

そして、剣の英霊《セイバー》でさえ——この数が相手ではマスターを庇《かば》いきれない。

けれど。

けれど、各騎すべてが一糸乱れぬ連係を果たすことがあるとすれば？

「やっぱり、そうね！　うまく嵌《は》まると思ったの！」

無数の剣戟《けんげき》の中で、沙条愛歌《さじょうまなか》の声が聞こえる。

無数の戦いの中で、ああ、あなたは微笑みさえ浮かべていて。


——第一に。怪物の群れの中で、アーチャーとアサシンが舞っていた。

時に、数多の弓を次々と放って。俊敏な獣の動きを留めて。

時に、必殺の右手で分厚い獣の胸板に触れ、鏡像として出現した心臓を握り潰《つぶ》して。

戦うように舞い、舞うように戦っている姿が在った。

一呼吸ごとに、ほら、群れの塊が次々と撃破されていく。宝具や高い気配遮断スキルによって隠密《おんみつ》状態を維持し続ける彼ら二騎の姿を視認することは私にも難しいけれど、この瞬間、視線を向ける愛歌の瞳《ひとみ》に意識を乗せた私には、呼吸と呼吸の合間、背中合わせになりながら合成獣の群れを睨《にら》み付けているふたりを捉《とら》えることができる。

突如として出現した二騎を前に、獣たちが警戒して唸り声を上げる。

私なら身を竦《すく》ませている。

でも、彼らはまるで気にする素振りがない。場を制しているのは獣ではなくて自分たちであるということを、自覚しているからだ。多分、きっとそう。

「さて、お次はどう動こうかね。旦那《だんな》はどうする？」飄々《ひょうひょう》としたアーチャーの声。

「……」長い長い右の黒腕を展開させた白い仮面は、俄《にわか》には応《こた》えない。

「何だよ、だんまりかい」

「私の右手は人を断罪するモノであるが、多少の加減で異形の命をも断罪する」

「承知してるぜ。宝具を開帳してくれたのは有り難いって何度も言ったと思うがねぇ」

「否。これらの獣には我が右手がするりと通じているのだ」

「は？」一切の動揺なくアーチャーが肩を竦める。「人間ベースの合成獣だってのか、こいつら？ コーバック・アルカトラスってのはそんなに趣味の悪い魔術師なのかねぇ」

「不明《あきらかならず》」

「そりゃそうだ」

軽く笑って、アーチャーが更に弓に矢を番《つが》える。

遭遇戦は得意ではないと言っていた彼の言動は、嘘、ではないのだろうけど。

再び、二騎が舞い始める。人間を基礎に用いた合成獣、という衝撃的な発言に対して私の意識が恐怖と動揺を始めようとする中で、それを忘れさせてしまう程に見事な死の舞踊が、通常の倍の厚みを持つ獅子《しし》の四肢と蠍《さそり》の尾を持つ獣たちを仕留めていく。

——第二に。進軍の巨像たちを、キャスターと愛歌が砕き尽くしていた。

弓矢と右手による必殺の組み合わせ《コンビネーション》が通じ難い、弾丸の如くして投擲《とうてき》されるアサシンの短刀《ダーク》さえも一撃では仕留めきれない、心臓なき巨像の複数体による〝壁の接近〟にも等しい進軍だった。大質量による蹂躙《じゅうりん》でこちらを潰してしまうつもりなのだろう。

それを、神代の魔術と天賦の魔術が阻んでいる。

愛歌の細い腰に手を回しながら空中へと浮遊したキャスターの周囲に数多の大型魔方陣が展開して、私の知る魔術詠唱とはまったく異なるきっかけによって発動される破壊の大魔術たる魔力光が巨像をあっさりと粉砕していく。

威力に驚く？

いいえ、大魔術の破壊規模ならば有り得ると私の理性は告げている。

真に驚愕《きょうがく》すべきなのは、これだけの威力の魔術をごく短時間で同時連続投射していることに他ならない。言ってしまえばつまりは同時一斉射の連続、だ。有り得ない。噂に聞く〝クロンの大隊〟ならまだしも、魔術師個人でこんな絶技を操るなんて考えられない。

これが伝説に残る魔術師たるキャスターが行使する、神代の魔術。

驚いてしまう。意識だけで私は絶句する。

それでも気絶せずにいられるのは、冷静になれるだけの状況に在るからか。

「ねえ、キャスター。左側にまだ少し残っているわ？」

「ええそうね、マナカ。あれくらいは殿方ふたりに任せようと思ったけれど、酷かしら」

二人の女性のやり取り、愛歌とキャスターの穏やかな会話も理性の繋《つな》ぎ止めに一役買ってくれているのかも知れない。

ああ、本当だ。右側に巨像の一団が再出現している。

高い位置に視点があるせいか、地上にいる時よりも回廊全体の様子がよく分かる。

私も——空を飛ぶのは初めてではない。

魔術に依《よ》るものではなくて、飛行機とかグライダーとか。そういうもの。箒《ほうき》を用いた飛行の魔術を修めてはいないから。

違う。全然違う。人は空を征《ゆ》くすべを手にしたというのは、きっと嘘なのだ。

宙に浮き、空を舞うというのはこういう感覚なのか——

私の、否、今は愛歌のものであるこの肉体に対して物体重量低減《インクリース・ウエイト》に類する魔術をキャスターが掛けてくれたことも関係しているのか、まるで羽毛のように体が軽い。キャスターの細い腕ひとつで、こうして抱えられてしまうくらいに。

「でも、すごいわ。みんな」

愛歌の声。

はしゃぐみたいに、朗らかで。華やかで。

展開される魔方陣のうちの幾つかを受け持ちながら、佳麗の少女そのままの声色で。

「面白いくらいの数の不利なのに、ほら、楽しいくらいの優勢になっていく！」

——第三に。人造の殺戮《さつりく》人形は、セイバーの剣の軌跡の前に消える。

壁や天井を自在に這《は》い回りながら襲い来て、常人には到底知覚し難い三次元的機動で侵入者の首をたちまち切断するのだろう自動人形群。極端に長細く鋭角的な刃《やいば》そのもので構成された金属質の八本脚に対して、冗談のように薄い板状の胴体、という外観だけで言うなら〝蜘蛛〟を連想させるそれらの刃すべてが、刹那《せつな》に。瞬時に。

輝きによって両断されていた。

一体ずつ各個撃破？

違う。違う。そうではない。

ただ一振りの剣撃によって、蜘蛛人形は数体纏《まと》めて鮮やかに切断されていく。

それは、風の魔力を振り払った彼女の〝剣〟に依るもの。

回廊の中でも一際目立つ、美しさが在った。

想いとか、願いとか——

尊いものを湛《たた》える輝きを備えた黄金の刃の軌跡が、蜘蛛を散らす。

「はあッ！」

鋭い呼気。同時に、一閃《いっせん》。両断。

セイバーに言葉はない。

ただ、戦闘の機械であるかのように剣を振るい続けるのみ。

僅《わず》かに息が漏れることはあっても、言葉を必要としない。吼《ほ》え狂う合成獣はアーチャーとアサシンの二騎が相手をしていて、進軍の巨像はキャスターが薙《な》ぎ払っている。ならば自分の役目を果たすまで、ということなのだろうか。

確かに、セイバーの判断通りだ。

此処《ここ》に在る四騎は、既に、連係が取れているのだから。

光の弧として空間へ僅かに残される剣跡の美しさを目に留めながら、金属質でありつつも妙に軽い装甲を持つ蜘蛛人形の破片が反射に煌《きら》めくさまを感じ取りながら、空中に浮かぶ愛歌の瞳でそれを改めて認識して——私は、思う。

彼ら四騎に、最早、敵と呼べる者などいないのではないかと。

この地上に在って彼らが撃破できないものなど有り得るのだろうか。

いいえ、そんなものはない。

神秘の有無に拘《かか》わらず。人類文明のもたらす武力の数々、たとえば戦車の一個師団なり戦闘機や戦艦の襲来さえをも、きっと、彼らはこうして打ち砕いてしまうのだろう。

絶対の死をもたらすモノ、と私が規定した悉《ことごと》くを彼らは破壊する。

ただ一騎の英霊ではない。

それは、英雄たちによって形作られた最大最強の〝一団《パーティ》〟だった。

――数多の怪物たちが跋扈《ばっこ》する《アルカトラスの第七迷宮》。

――其処《そこ》に棲息《せいそく》するという合成獣の一種について、特筆すべき事項が存在する。


過去、これまでにも《迷宮》へと挑んだ人々は在った。

所謂《いわゆる》盗掘者や探索者と呼ばれる人間たちであり、後者であればある程度の魔術的知識を備えている例もある。故に、この事項は後者の人間たちのうち僅かな生存者――もっとも、情報を伝えた後に絶命してはいるが――によってもたらされたものである。

曰《いわ》く、ある種の仕掛け罠《トラップ》に掛かって命を落としたはずの同行者たちが、暫《しばら》く後になってから出現し、生存者たちに襲い掛かったのだとか。その姿は最早、人と呼べるものではなかったとの発言が記録されている。

獅子の如き体軀《たいく》、蠍《さそり》の如き尾。

それはギリシャの伝説に残される魔獣キメラの姿をどこか想起させる。

つまり、魔術協会に於《お》ける〝動物学科〟で主に扱われる合成獣の名そのもの。

かの《迷宮》には人間を変質させる魔術的機構が存在する可能性が高い。

人間が、怪物と化すのだ。


具体的手段については不明ではあるが、恐らくは惑星魔方陣に対応すると思《おぼ》しき内部構造に原因があると推測される。本来の迷宮造成者《ダンジョン・マスター》であるアルカトラス氏の意図によるものか、それとも再設計《リ・デザイン》を行った現在の実験責任者が意図したものであるのか。


過去、伝説として語られた《アルカトラスの第七迷宮》の情報群には、人を怪物へと変える呪詛《じゅそ》や機構についての言及は一切存在しない。

ならば、アルカトラス氏の意図ではないと見るべきか。

現時点では不明なままだが、これも推論を進めるための貴重な材料ではある。


ひとつだけ、言えることがあるとすれば。

この《迷宮》にとって——

人間の侵入者などは合成素材の一種でしかない、ということだ。

あらゆる怪物の類《たぐい》が屠《ほふ》り尽くされた《迷宮》第三階層の回廊に、ふわり、と。

キャスターに支えられながら着地してみせた愛歌の肉体の片隅に在って、私は、四騎の存在をことさらに強く感じ取る。ほんの数時間前までは、この中のうち、セイバー一騎のみが心と体を預けられる相手であったのに、今は違う。

アーチャー、アサシン、キャスター。

彼ら三騎は間違いなく愛歌の仲間に違いない。

少なくとも、現時点では。

「あら。あら？　活《い》きのいい魔獣かと思ったのに、あれは合成獣なの？」

「だな」「うむ」

少女の言葉に、弓兵と暗殺者の二騎がそれぞれに頷《うなず》く。

「しかも、なあに。人間をいじってかたちを無理に変えてしまった類の合成獣なのね？」

「だな」「うむ」

同じく頷く二騎。

「それじゃあ……残念だけど、食材にはできないわ」

愛歌が肩の力を落とすのが分かる。

よほど残念だったらしい。考えてみれば確かに、回廊戦で遭遇した怪物たちの中で食材に適したパーツを有しているのは合成獣だけではあった。石像や金属製の蜘蛛人形では到底食べられる筈《はず》もないのだから。

「そんなものを料理してしまったら、だって、共食いというか、なんだか変なことになってしまうもの。そんなもの、セイバーに食べさせられないわ」

「構いません、愛歌」

蒼銀《そうぎん》を纏う剣士が頷く。

視線を険しくさせているのは、食材獲得の機会を失ったことが理由ではないだろう。

「それよりも、私はこの《迷宮》という存在の忌まわしさを漸《よう》く実感しました。亜種聖杯以上に、此処はこの世に在るべきものではないのかもしれません」

「ダイダロスの昔から、人の造る迷宮はおぞましいものよ。可愛らしい剣士さん」

神代の魔術師がささやかに混ぜ返す。

ああ、彼女はこういった迷宮・迷路に対して他の誰より造詣《ぞうけい》が深いのか。

「……否定はしません、キャスター」

視線だけを向けて剣士が呟《つぶや》く。

ふと、私は場違いな感想を抱いてしまう。

四騎とひとり。強大な力を有する英霊たちと、天才であるに違いない魔術師の少女。

彼らは自然と己が言葉を述べて、己が表情を浮かべていて。

こうしたやり取りを眺めていると、あまりに自然で、以前からずっとこうして同じ《迷宮》へ挑む同志であったような錯覚さえ湧いてくる。例えば、漁《あさ》った遺物の所有権を巡って場末のパブで酒杯片手に言い合うような、そんな妄想さえも抱いてしまって。

つい、忘れそうになる。

あの時の緊張感。死と隣り合わせの感覚。

……忘れる？

いいえ。否。無理。やはり、断じて否《NO》！

忘れたいけれど、忘れられないし、あんなものは一生だって忘れるはずがない。

意識の欠片《かけら》ぐらいしか存在していない私でも、記憶を呼び覚ますことができる。

ほんの少し前の出来事。第二階層大広間の首領格《ボス》を倒したばかりのキャスターに向かって、愛歌がとても柔らかな声で述べた言葉――

「魔力。そんなに消費してしまって、大丈夫？」

本来は私のものである肉体を使って愛歌が発したこの一言に、私は三度、もしくは四度、気絶しかけた。一方で――

愛歌は間違いなく微笑んでいたし、怯《おび》えたり恐れたりもしていなかった。

挑発とも取れる言葉なのに。

確かに、数千の殺人昆虫の悉くを大魔術の連射によって破壊し尽くしたであろうキャスターの魔力消費は多大なものであったろうし、端的な事実を口にしていると言えばそうではあっても。同時にそれは、残り魔力の僅かなあなたであればセイバーによってすぐにでも両断できてしまう、と言外に告げているにも等しい。

すぐには答えず、笑みを返すばかりのキャスターの心中いかばかりか。

私は、閉じることのできない瞼《まぶた》を閉じようと懸命に頑張って、でも愛歌はまったく瞼を閉じることはなくて、キャスターの艶《つや》やかで形の良い唇や美しい顎《あご》の形を見ていて。

背後に立って不測の事態から愛歌を守ろうとするセイバーの緊張だけが、伝わって。

一触即発――

絶体絶命。致命的状況だった。

キャスターが激昂《げきこう》してしまえばすべてが終わる。

想像できてしまう。戦闘が発生したとして。最終的にはキャスターを斬り捨てたセイバーがこの場に残るとしても、その時には、愛歌と私は完全に消え失せている。

私は祈った。神さま以外の何かに。

週末に教会へ行ったりする習慣がなくなって久しい我が身を恨んだ。

そして。運命の骰子《ダイス》が無慈悲に振られて――

「確かに、其処なる少女の言う通り」

――単騎のままでは些《いささ》か心許《こころもと》なくもあるだろう。

暗がりから白色髑髏《どくろ》の仮面だけを浮かび上がらせながら、彼はそう続けていて。

もしも私にまっとうな信仰心が残っていたとしたら、その不気味な仮面を見て、ああ、天使が降臨してくれたのだと疑わなかっただろう。

勿論《もちろん》、彼は天使などではない。

隠密と暗殺を最も得意としたクラス、アサシンとして現界した英霊。

私と愛歌の命を繋ぎ止めてくれたのは、まさしく、彼がもたらしたその一言だった。

「……そうね」

数秒後。キャスターが僅かに頷いて。

「敵対の意思はない、と考えて良いのかしら。勇気あるお嬢さん」

静かな返答。理性在る話し合いを前提とした、落ち着き払った彼女の言葉。

アーチャーが「共闘の提案はオレが先だぜ？」と姿を見せたのは、そのすぐ後だった。

こうして、私たちは――

いいえ。愛歌ひとりと英霊四騎から成る一団は、この《迷宮》に於ける自らの特徴と活動の欠点を互いに補い合うことで、第四階層最奥まで共に踏破・攻略を行うという〝一時的共闘〟の提案に全面合意したのだった。

きっかけは、まず間違いなく愛歌がもたらした一言。

更に私は、天使、もといアサシンの次なる発言が功を奏したのではないかとも思う。

仮初めの共闘を認めたのだとしても、本質的に英霊たちは互いに戦うために集められたモノであり、手の内の何処までを見せるのか、何処まで共闘という状況に対して妥協するのかを見極めながらの《迷宮》探索行となるのは歴然。となれば、理想的な連係など望むべくもない。

連係なくして《迷宮》最奥へ辿《たど》り着くことが叶《かな》うのか。

私の懸念。杞憂《きゆう》。それらは、白の仮面越しに響いた低い声によって打ち砕かれた。

何をしたのか？

英霊が英雄であることを思い知らされる行いだ。そう、アサシンはさも〝当然〟といった語調、声色で他の三騎へ開示してみせたのである。

きっと彼は、天使でないにしてもさぞ名の通った英霊であるに違いない。

「私の身に備わるわざの数々……是《これ》なる迷路の類に有用ではあれど、何分、我が必殺の奇跡が通じぬ輩《やから》が多すぎる。故に、私は今回の共闘を快く受け入れよう」

まさか、と思った。

それでも紛《まが》うことなき事実だった。

自らの口から、一端とは言え宝具の性能を明らかにしたのだ、彼は！

亜種聖杯の原型《オリジナル》とされる冬木《ふゆき》聖杯に施されたある種の調整によって、召喚されるサーヴァントには英雄ならざる〝反英雄〟こと邪悪な存在が混ざるとも聞くけれど、ああ、あのアサシンは絶対にそうではないだろうと私は思う。

実際に、こうして彼が振るう宝具――長く伸びた異形の黒色腕によって触れた敵対者の心臓の二重存在《コピー》を造り出し、それを破壊することで類感魔術にも似た効果によって敵対者を抹殺する絶技――はまさしく、彼の言葉の通りではあった。

「……こいつは驚いた。随分と真っ正直に語ってくるアサシンの旦那もいたもんだ」

「無論、私が私のすべてを明かしているとは限らんが」

「は。そりゃあそうだろうなぁ」

馴《な》れ合いでも依存でもない。

独特の、死と戦いを前提とした緊張感は保ちつつのアーチャーとアサシンの会話。

それでも、自らについて多くの情報を明らかにしたアサシンの即断が、他の三騎にも影響を及ぼしたのは気のせいではないだろう。もしくは、およそ第二階層まで各自で《迷宮》を進んだ結果、彼らは宝具とは言わないまでも自らの性能を否《いや》が応でも認識せざるを得なかったとも考えられはするけれど。私は、できる限り前者を推したい。

あのアサシンは、高潔なひとだと思いたい。

現況の四騎についての情報と比較しても、宝具を明確に示しているのは彼だけだ。

セイバー
　亜種聖杯では自分の願いが叶えられることはない――と理解しているため、亜種聖杯については『破壊』の立場。
【特性】頑丈で、高い継戦能力。奥の手も強力。直感で罠《わな》回避もＯＫ。
【弱点】マスターがいる
【宝具】風王結界《ストライク・エア》、聖剣（性能は不明）

アーチャー
　今回の亜種聖杯戦争におけるサーヴァントの一体。亜種聖杯によって自動的に召喚されており、マスターはいない。亜種聖杯については『破壊』の立場。
【特性】シーフ、スカウト的な立ち回り＋遠距離攻撃＋破壊工作
【弱点】魔力供給に不安、多数同時の接近戦は不得手
【宝具】姿隠し？（真名は不明）

キャスター

今回の亜種聖杯戦争におけるサーヴァントの一体。マスターはいない。
亜種聖杯については『入手』の立場。
【特性】多彩で強力な魔術。集団に対してきわめて強力
【弱点】魔力供給に不安＝継戦能力に欠ける
【宝具】？？？

アサシン
今回の亜種聖杯戦争におけるサーヴァントの一体。マスターはいない。
亜種聖杯については『入手』の立場。
【特性】施設潜入と探索に秀でる＋人間系の敵に対する一撃必殺（宝具）
【弱点】魔力供給に不安、心臓のない怪物は不得手
【宝具】妄想心音《ザバーニーヤ》

アサシンの高潔さはひとまず置いておくとしても、現況の四騎を再確認するとすればこのような形になるだろうか。聖杯戦争と英霊に対しては素人である私が見ても、彼らが一団となることで《迷宮》探索に対して遥《はる》かに有利を得ることはすぐに理解できる。
セイバーは、何よりも、他三騎がいることで愛歌の生存確率を跳ね上げられる。

アーチャーとアサシンは、不得手な怪物群に行く手を阻まれる回数が激減する。

キャスターは、継戦能力の不安を仲間によって補える。

こと《迷宮》の探索と踏破を第一の目的と捉えるなら、やはり共闘は最善の手段であったと言える。愛歌はそれを見事に摑《つか》むことに成功したのだ。私なら、まずキャスターに対して声を掛けるという時点で精神も魂も何もかもが挫《くじ》けているだろうに、私の肉体を我が物として振る舞うこの少女は、少しも迷わない。

それどころか。共闘が決まってからというもの、ずっと、上機嫌な様子。

第三階層有数の難関と目されるこの大回廊を攻略した今も、それは変わらない。

「英霊四騎と仲良くするのって、わたし、初めてなの」

心の底から嬉《うれ》しそうに。

華やかに、柔らかに、朗らかに、花のように笑みを浮かべて。

「その口振りじゃあ、四騎でなければ仲良くしたことがあるって感じに聞こえるぜ、お嬢ちゃん。もしかして、どっかの亜種聖杯戦争の勝者だったりすんのかね？」

「ふふ。それはどうかしら」弓兵の言葉に、愛歌は首を小さく傾げて。

「何であれ大した少女と見受けたが。ああも無防備に、キャスターの前に出るとは」

「キャスターは綺麗《きれい》だもの」仮面の言葉に、愛歌は首を何度か振って。

「嬉しいことを言ってくれるわね、マナカ。でも忘れては駄目よ？　亜種聖杯に対する目的はそれぞれに異なっているのだから、最終的に私たちは敵対する。油断は禁物よ」

「ええそう、その通りだわ」魔女の言葉に、愛歌はこくりと首肯して。

「……何であれ、貴女《あなた》の身が無事で何よりです。マスター」

聖剣をようやく納めたセイバーの言葉に対しては——

「ありがとう、セイバー」

ささやかに微笑をひとつ。

ああ、凄《すご》い。

私であればサーヴァント一騎への返答について一時間ずつ考えたいのに、あなたは迷うことなく反応してみせる。もういい加減に私も認識しよう。評価しよう。

愛歌。沙条愛歌。

怪物にも英雄にも、変わらず微笑んでみせるあなた。

あなたという少女の世界には、きっと、恐れるものなど在りはしないのでしょうね——


そして、第二階層最奥での邂逅《かいこう》から丸一日後。

回廊戦からはおよそ半日後。

愛歌と英霊四騎による一行は《迷宮》第三階層の踏破を着実に進めていた。

怪物の量や強さだけでなく、魔術による罠や、魔術＋パズルによる超高難度の通路、宝箱の罠や宝箱内の呪いの道具《アイテム》等々……明らかに第一、第二階層よりも攻略難度が跳ね上がっていく中で、アサシンとアーチャーが先行して罠感知・解除しながら、後衛となるキャスターと愛歌をセイバーが堅実に守りつつ、いざ戦闘になれば先刻のように陣形を組んで即座に怪物の性質に適宜対応して。

恐らく、現時点で第三階層の攻略・踏破は半ばを終えている筈だ。

首領格が待ち受けている筈の大広間も、明日には到達できるに違いない。

そう、愛歌の片隅で私が考えかけた矢先のことだった。

「なあに？」

最初に声を上げたのは愛歌。

言うまでもなく、気付いたのはアサシンやアーチャーが先だろう。愛歌によれば直感スキルを有するというセイバーも、明確な認識とは異なる形で察知した可能性もある。

水蒸気の存在を口にしたのは、キャスターだった。

炎の働きと水の働き、魔術によるそれらを感じ取ったのだとか。

現在は肉体と感覚が切り離されている私にも、やっと理解できた。愛歌の視線の先、石造りの《迷宮》通路の奥から漂ってくるものは、熱された水蒸気。すなわち。

「湯気ね、これ？」

「毒の可能性もあります、愛歌」

片手で自らの口元を覆いながら、セイバーが油断なく少女を庇う。

「いやあ、毒の類とは違うぜこれは」アーチャーが手を振って。

「おや。毒に詳しいか、アーチャー」アサシンが仮面を向ける。

「ははは。どうかねぇ。つか、オレなんかよりアンタの方こそクラス的に毒物は本業なんじゃねーの？　アサシンの旦那？」

「毒に長じる者も在るが、生憎《あいにく》と私は並だ」

「どのレベルで並かそうでないのかオレには気になるねぇ……」

「何でも構わないから、殿方ふたり。これが何なのか突き止めてきて下さらない？」

「あいあい」「承知」

男性二騎、穏やか且つ有無を言わせないキャスターの言葉に従って。

果たして斥候・偵察を終えた二騎が告げたのは、是なる《迷宮》を造りたもうた造成者による気配りというか、嫌味というか、茶目っ気というか、挑戦というか、ある意味では丁寧に設置され続けた宝箱の類にも通じるサービス精神の具現たるモノだった。

回廊や大広間と同じようにして古代西洋を思わせる建築様式の空間。

たっぷりとたゆたう、大量の水。

冷たいというよりも温かいから湯と言うべきか。

肌に、髪に、服に、しっとりとまとわりつく水蒸気は此処から発せられていたのだ。

すなわち——


「温泉？　かしら？」

愛らしく、まずは愛歌が首を傾げて。

「ええ、まるで大浴場のよう」

「ローマ帝国に於ける浴場がこのような様式であったと聞きますが」

懐かしそうに呟くキャスターへ、セイバーが頷いて。

次に口を開いたのはアサシンだった。

「山の宮殿《パラダイス》のようでもあるが、これは」湯を掬《すく》い上げながら「ふうむ成る程、どうやら湯に幾分かの魔力が込められている模様。魔力泉、と言ったところか」

「何にせよ有り難い。怪物の姿もねぇし、魔力補充といこうか」

と、アーチャーが提案しながら皆を見回したところで。

一瞬の、奇妙な間が発生した。

誰も何も返答しない時間。僅かに二秒。やけに長く感じられる二秒。

次に言葉を発するのが誰かで、これからの流れが決まると誰かが思った。否、私が思っていた。確信だった。そして、桜色の唇がそっと開かれていくのを認識して、ああ、もう決まったようなものだなと更なる確信。

「ふふ。いいわ、それ」

当然、言ったのは愛歌だった。

「汗を拭《ぬぐ》うだけじゃ物足りないって、丁度、わたしも思ってたの！」

「じゃ、決まりでいーかね」

「ま、待って下さい。冷静になるべきだ。まさか《迷宮》の中で裸になれとでも……」

セイバーによる多少の反論はあったものの。

既にもう、流れは決まってしまっていたのだから、どうしようもない。


——ちょうど、男女で別れて入れるようになってるわセイバー、ほら、岩の仕切り。

——しかし愛歌。武装を解除している間に襲撃があっては問題です。

——セイバー、嘘はいけないわ。武装状態になるだなんて一呼吸も掛からないのに。

——そ、そうではありますが、しかしキャスター！　水魔の類がいる可能性も！

——どうとでもあしらえるでしょう。私は構わなくてよ？

——ええ、わたしもいいわ。ふふ、これでまず二票ね。

——私も一向に構わぬが。

——オレも。じゃ、決まりってことで。

最後までセイバーは何か言いたげではあった、のだけれど。

武装に包まれた彼女の手を引いて先へ先へ行こうとする愛歌を止めることは叶わず、死の危険満ちる《迷宮》で突然姿を見せた温泉を味わいたいという少女の好奇心を阻むこともできず、結局のところ。

そういうことになった。

「こんな風に大勢でお風呂に入るの、わたし、はじめて!」

「そ、そうなのですか」

「ええ!」

少女と少女。

もしくは魔術師と英霊。

ふたりの会話から感じられる華やぎが、心なしか。

「女の子だけで入ったりするのも、はじめて。ふふ、この《迷宮》は困ったところもたくさんあるけれど、たくさんの素敵なはじめてをわたしにくれるのね」

「貴女は純粋な少女ですね、マスター」

「あら、セイバーだってそうなのじゃなくて？」

「どうでしょう」

「あなたの肌、あなたの体、とっても綺麗。純粋っていうものが世界にあるのだとしたら、それはきっとあなた《セイバー》のことよ」

華やぎ——

少女らしい可愛さ、いじらしさ。儚《はかな》さも。花のように。

魔力補充という立派な名目の下で行われていることではあっても、ああ、魔力を秘めた温かな泉に浸かった裸身の彼女たちから発せられるそれは、これまでの《迷宮》探索行で見てきた以上のものであるように思えてならない。

美しかった。

花の咲き誇る庭園のさまを私は連想する。

「……まさか、こんな風にゆっくりと湯に浸かれるだなんて。魔術で清潔を保つことはそう難しくもないけれど、肌の上を温かな湯が滑っていく甘美な感覚は別物ね」

「時間を費やす甲斐《かい》はあったかしら、キャスター？」

「ええ、マナカ。なかなかに良くてよ」

頭巾《フード》を外したキャスターの麗しさに、私はどきりとしてしまう。

視認できる口元から、さぞや美しい女性なのだろうと予想はしていても、実物をこうして目にすると迫力が違う。

長く伸ばされた髪、同じ色の瞳、ゆったりしたローブに隠されていた肢体。

彼女のすべては完成された女性の魅力に満ちていて、自然、私は愛歌のものとなる以前の私自身の肉体の未成熟ぶりを意識してしまう。あの魅力の一割だけでも貰《もら》えたなら、私も、色々と、こう……。

「セイバー」

視線が、つい、と剣の英霊へと向き直っていた。

肉体の操作権を有しているのは絶対的なまでに愛歌だから、愛歌が見るもの、見ようとするものしか私には見ることができない。

だから、今度はセイバーの姿を私は見ることになる。

キャスターのそれとは異なる、彼女の肉体。

愛歌よりは年上の少女の、可憐《かれん》の一語こそ似合うすらりとした体は、聖剣を振るっておよそあらゆる難敵を断ち切ってみせる屈強な剣士の体軀には到底見えない。しなやかな筋肉の在り方を肌の下にうっすらと感じ取ることはあっても、愛歌やキャスターと同じくら

いに溜息《ためいき》が出そうなほど真っ白な肌。

女同士でも見とれてしまう。

そう、女。伝説に語られるアーサー王であるはずの、少女そのものである裸身。

「本当に、本当の本当に女の子なのね、変な感じ……いいえ、変というのは失礼ね。でも、なんだかすごいわ。ええ、すごい……」

唇から息と声が漏れる。

私のものかと思ったけれど、違う、愛歌の呟きだ。

肩まで湯に浸かろうとするセイバーを、見つめて。見つめて。見つめて。

「もっとよく見せて？」

「い、いけません愛歌。そのようにまじまじと見られては」

「だめ？」上目遣いに。

「困り、ます……」

「でも、女の子同士なのだし？　恥ずかしがらなくても？　いいわよね？」

じり、じり、と。

愛歌が接近していく。

ああ、これはもう止まらないだろうと私が思うのと、何らかの予感を得たセイバーが湯から上がろうとして動いたのはほぼ同時だった。更に。

「えいっ」

はしゃぐ声と共に愛歌がセイバーに抱きつくのも、同時。

魔力泉にたっぷりと濡れて火照《ほて》った肌と肌が触れ合う。ああ、密着、だった。

その感覚が私にもたらされることは——ない。

私の肉体のすべては愛歌の制御下にあって、視覚と聴覚と嗅覚《きゅうかく》こそ私も得ているけれど、触覚と味覚については蚊帳《かや》の外。だから、抱きついた感触が具体的にどういうものであるかは語れない。

うん。語れない！

「マスター？　あの、これは……」

「わたしのセイバーには自分から触れたりしない、我慢する、と決めていたの。でも、ええ、うん。あなたにこうするならノー・カウントよね？」

「数に入れない？　な、何を言ってるんです愛歌——」

戸惑うセイバーの声が反響する。

死の満ちる《迷宮》には有り得ない、少女たちの声が空間いっぱいに満ちていく。

巨岩で隔たれた向こう側にいる男性二騎はともかく、キャスターからは愛歌の悪ふざけを制止する言葉のひとつも漏れるかと思ったものの、意外というか何と言うか。

「次は私にも触らせて頂戴《ちょうだい》ね、セイバー。

ああ、そうだわ。湯上がりにはアナタ用に白いドレスでも用意してあげようかしら」

「キャ、キャスター貴様！」

「いいわね、ドレス。セイバーにとっても似合いそう！」

「愛歌!?」

——およそ人間には踏破不可能と目される《アルカトラスの第七迷宮》。

——ならば、この魔窟《まくつ》を制する存在は何か？

人間以上の性能を有したものが挑むしかない、というのが現在の結論だ。

断じて荒唐無《む》稽《けい》な話ではない。

本来の迷宮造成者であるところのコーバック・アルカトラス氏の素性を考慮するまでもなく、この世界には時に、人間以上のものが明確な実体を有して存在することがある。

幻想種もそのひとつ。

そして、本質的に〝守護者〟であるが故に並外れた力を有する英霊たち。

人の手の届かぬ存在であるはずの彼ら英霊を、我々魔術師は限定的ではあるが使役するすべを得た。亜種聖杯である。かつて極東、冬木市に存在したという大聖杯を元に形作られた数多の偽の聖杯は、亜種聖杯戦争という条件下で英霊召喚を成立させた。

ならば、この《迷宮》で亜種聖杯戦争が行われる意味は？
召喚された英霊たちによって《迷宮》を踏破させることが目的であるのか。

理屈は通る。だが、大きな疑問も残される。
アルカトラス氏ならざる新たな迷宮造成者にとって、そもそも《迷宮》を制すること自体が目的であるなら――第四階層最奥に亜種聖杯を設置した時点で、目的は既に達成されているのではないか？

更なる情報の追加が待たれる。
とは言え既に《迷宮》がその口を閉ざしてから数日が過ぎている。
先行して《迷宮》へと入った我が弟子も、外部協力者も、無事であれば良いのだが。

「面白い。総勢四騎のうち、一騎も欠けずに第四階層まで到達する可能性がある」

暗がりで、人影は語る。

誰かへ向けた言葉であるのかは不明。独り言か。

それとも此処ではない何処かで声を聞き届ける者への報告の類か。

「よほど強力な英霊を召喚したか？　それとも、連係効率が優れていたか。何にせよ計算以上だ、ただ一騎の犠牲もなく第三階層を制するとは。よもや、あのマスターもどきの存在が偶発的要素として働きでもしたか。……まあいい。何であれ」

暗がりで、人影は語る。

病的なまでに青白い肌を、淡い薄赤の魔力の灯に晒《さら》しながら。

「霊核を維持したままでの到達を願うぞ、守護者ども」


そして。

私たちは《迷宮》第三階層の最奥たる大広間へと辿り着く。

其処に待ち受ける首領格の怪物は——

幻想種のようだった。

合成獣のようだった。

人造の機械人形としての特徴を有しているようにも見えて。

魔力に溢《あふ》れて神秘を備えた全身、蛇や爬虫類《はちゅうるい》や蝙蝠《こうもり》を混ぜ合わせたような身体的特徴、そして、分厚い金属装甲にも等しい鱗《うろこ》で覆われた強靭《きょうじん》な四肢。外観《フォルム》だけで言うなら、世界各地の伝説に在る〝竜〟によく似た姿をしていた。

大広間へと続く重い金属扉を僅かにこじ開けて目にしたモノに、私が初めに浮かべた感情は、絶望、諦念《ていねん》、後悔、ともかく私らしい臆病《おくびょう》さの発露だった。

無敵とも思える英霊四騎の力が傍らにあるにも拘《かか》わらず、私は、またも死を想った。


——竜種。ドラゴン。


決して人が敵《かな》わないはずのモノ。誰あろう英雄こそがそれを斃し、英雄ならざる人々の如何《いか》なる刃も届かないとされる、地上全土に於ける最強の魔。絶対の幻想。

其処にいたのは〝竜〟そのものではないけれど、それを模した人造の怪物だった。

言うなれば、模造された竜《ドラゴンゴーレム》。

ねえ、聞こえていて？

わたしのセイバー。
わたしのアーサー・ペンドラゴン。

わたし、あなたのいないこの《迷宮》でたくさんのことをしたわ。
あなたではないあなた、あなたと同じように蒼色《あお》と銀色を纏う聖剣使いの女の子と。
たくさんの怪物と遊んで、たくさんのお料理をして。レパートリー、増やして。
寂しいのにも、悲しいのにも耐えて。耐えて。

ううん、セイバー。
本当のことを言うわ。
わたし、悲しくて悲しくて、寂しくて、涙をいつも堪《こら》えていたけれど。
ほんの少しだけ、ね——

楽しかったの。

わたし、こんなに弱くなってしまった体で、あなたではないあなたや、アーチャーやアサシンやキャスターと《迷宮》を征くのが、楽しくて。


「第三階層《こ こ》のボスは何だありゃあ……ドラゴンか？」

「外観は確かに似ているけど、いいえ、まっとうな竜種ではないわ。人造の紛い物。魔力炉心にも等しい核を有しているのは大したものだけど、所詮は魔像《ゴーレム》の類」

「さっすが、キャスターさんは物知りだねぇ」

「竜ならば、幾らかの心得があります。私が前衛に立ちましょう」

「では私とアーチャーはマナカ殿を守りつつ、牽制《けんせい》を」

「あいあい」

「なら、私はアナタたちの援護に回ろうかしら」


ごめんなさい。

わたしには、あなただけなのに。

でも許してね。浮気とかじゃ、絶対、ないから。

そういうのじゃないのよ？

それに、収穫もあったの！

わたし、この《迷宮》でひとつ学んでしまったわ。

みんなで力を合わせるって、とっても——素敵なことなのね、って！

「さあ、もう一息。

力を合わせてがんばりましょう？」

ACT-4

Fate/Labyrinth

——少女は、落ちていく。

二一世紀初頭、某月某日。

世界の何処か。

立ち入る者のすべてを喰《く》らい尽くす、悪名高き《アルカトラスの第七迷宮》にて。

第三層最奥の大広間。最終第四層への階段を守護する模造された竜《ドラゴンゴーレム》の雄姿。

確かにそれは、世界を守護する英雄たちの大敵に相応《ふさわ》しい力を秘めてはいたか。

力と力の激突。

果たして神話の再臨が其処《そこ》には顕《あらわ》れる。

片や、伝説そのものを自らとする英霊《サーヴァント》四騎。

片や、伝説を基軸として形作られた模造品《フェイク》。

ある意味では〝真〟と〝贋〟の戦いではあったろう。

旧《ふる》きものと新しきものの死闘。

——まだ、落ちてはいない。

魔力炉心とも言うべき中枢部を全力稼働させて吼《ほ》え狂う模造竜は、強力だった。
並の英霊が一騎のみであれば仮初めの肉体ごと霊核を喰われていただろう。
魔術師の世界では、原則、旧きものは新しきものに克《か》つという。
悠久の太古たる幻想は神にさえ通じ、永く年経たものは神秘そのものと化すが故に。
けれど、絶対ではない。
贋作が真作を打ち倒すことも時には有り得よう。
見えざる剣を振るう英霊一騎は、この時、口にしたかどうか。
是《これ》なる竜の似姿は明確にサーヴァントとの戦闘経験を有している、と。
そうだ。
有り得ざる偉業を最低でも一度は成していたのだ。
長い一つ首を伸ばして高らかに咆哮《ほうこう》する人造竜種は、過去、英霊を喰らっている！

——まだ、落ちない。

誰かが感嘆の口笛を吹いた。
弓を早撃ちしてみせる英霊一騎の口元から響いたものだ。
白き仮面で素顔を隠す英霊一騎が、頷《うなず》きながら姿を空間に溶かして隠形《おんぎょう》する。

深い青色の外衣《ローブ》を纏《まと》う英霊一騎は、ドレスの少女を軽やかに抱いて宙へと浮かぶ。

弓の英霊の口笛を合図としての同時一斉行動ではあった。

幻想種、合成獣《キメラ》、致死の魔術の罠《わな》の数々が蠢《うごめ》く《迷宮》の中で自然と醸成されたある種の連係行動《チームワーク》。四騎の英霊による最適解。

牽制《けんせい》の魔術投射が空中から放たれる。

模造竜の照準は素早く魔術行使者へと設定される。攻撃準備開始。

瞬間、空間を裂くが如き弓矢と短刀が、模造竜頭部の感覚器《センサー》を穿《うが》つ。


——まだ、落ちてはいけない。


数秒間が生み出されていた。

剣の英霊が、黄金の輝きを放つ剣を高々と掲げながら振り下ろすまでの時間。

宝具。真名解放。

「約束された《エクス》——————勝利の剣《カリバー》！」

光。光。輝き。

贋物の竜が消滅する。
地上に有り得ざる星の光があらゆるすべてを埋め尽くすかのような錯覚。
聖剣の王が振るう、真なりし最強の幻想。
少女は耐え続けながらそれを見る。
竜への恐怖に、精神の限界に、耐えて。
自分自身の肉体へと落下していく感覚に負けまいと魂を磨《す》り減らしながら。
如何《いか》に肉体の真なる所有者が自分であろうと――
彼女に、この輝きの光景を見せたかったのだ。
贋《にせ》なる肉体所有者へ。
沙条愛歌《さじょうまなか》へ。

そして、私は落ちて行く。
肉体のほんの片隅にだけ存在していた筈《はず》の私の意識が――
もっともっと高い場所に位置していたと気付いたのは、贋物の竜との戦いのさなか。

ぐらりとした酷《ひど》い不安定さを同時に感じてしまって、私は慌ててしまった。

私の肉体は私のものではない。

少なくとも今この瞬間は愛歌のものだった。

同行している英霊四騎もそう認識しているというか、私の存在を認識さえしていない。

不満？

私が？

いいえ、そんなものある訳がないの。

この《迷宮》を第三層の果てまで進むことができているのは、私の肉体の基本性能《スペック》が高いなり魔術回路が質も量も優れている等ではないのは明らかで、私の存在どころか肉体でさえ愛歌にとっては本当は足手まとい以下の何かでしかない。

およそ全能にも等しい彼女が色位《ブランド》程度の実力に留《とど》まっている理由。

それを私は知っている。

つまり、私の肉体は重い重い〝枷《かせ》〟として愛歌を縛っていたのだった。

そして第三層の最果てで、その拘束はどういう訳か自動的に解除されつつあって。

解除完了。あっさりと。私はぎりぎりまで耐えようとしたけれど、耐えきれず。

模造された竜を見事に撃破して最終第四層への階段を下りきった、その直後、仮初めとしての自身の肉体にこれから何が起きようとしているのかを理解した愛歌は、何かに気付いたような顔をしてから、どこか残念そうな顔になって。

周囲の四騎を眩《まぶ》しそうに見つめてから。

溜息《ためいき》まじりに。一言。

「ああ、そうなのね」

まずは独り言。

もしかしたら、私へと向けた言葉？

いいえ、違う。そうではなくて。

「ごめんなさい、セイバー。わたし、聖杯を壊さないといけないと思っていたけれど、そうじゃなかったみたい。そんなことも分からなくなってしまってたの。それはそれで、ええ、特別な時間ではあったのでしょうね」

少しだけ困った風に。

少女の姿をした英霊へ——

最愛のひとと同じ人生を歩んできた騎士王《セイバー》へと柔らかく微笑んでから。

「本当は時限式だったなんて。ちょっぴり残念」

——跡形もなく、私の肉体から消えていた。

——跡形もなく、私の世界から消えていた。

消えた。完全に。

理由は、私にはどうしたって分からないだろう。

私には時計塔で学んだ経験もなければ生来の全能も在りはしないし、魔術師と名乗るにはおこがましいにも程があるささやかな魔術回路の他には、私の意識ひとつで自在に機能してくれる訳でもない受動的な眼ぐらいしかない。

祖父が遺《のこ》してくれた大切な知識の詰まった書物はこと神秘の遺跡に対する時には役立ちはしても、この《迷宮》の入口近くで鞄《かばん》ごと落としてしまっている上に、肉体を動かせない状態の私には無用の長物。本の頁《ページ》ひとつ捲《めく》れはしない。

だから、ただ、私は落ちるに任せるしかない。

重力。引力。

そういう物理の類《たぐい》の言葉を私の意識は思う。

何だか分からない場所から、私自身の肉体へと私は落下・直撃していた。

愛歌のいない空っぽの肉体へ。まっすぐに。すとん。

「どうしたのですか、マスター……愛歌?」

「ひゃ」

変な声を出してしまう。

最後の愛歌の言葉を受けたセイバーが心配そうに私を窺《うかが》っていて——

ああ。久しぶりの感覚だった。実に数日ぶり。

完全に主導権を得た状態での肉体で、眼で、視覚で私は周囲を把握していた。

蒼銀《そうぎん》の鎧《よろい》を纏った少女の姿をした騎士王がすぐ傍らにいて。

四騎が一斉にこちらを見ていた。

セイバーだけではない。緑色を基調とした革鎧を装備したアーチャーが、髑髏《どくろ》を模した白色の仮面を被《かぶ》った英雄たるアサシンが、優美の微笑みを口元に湛《たた》えながら振り返るキャスターが、死の園たる《迷宮》をものともしない四騎すべてが私の異変に気付いていた。

沙条愛歌であった肉体《わたし》は。

今や、自分《わたし》としての実体を完全に取り戻していた。

翠《みどり》色のドレスの少女は、もう、何処にもいない。

体格そのものは彼女に似ているとは思う、けれど。

白金の髪も透き通った瞳《ひとみ》も其処には在りはしない。

完全な別人。

まるで愛歌と入れ替わるようにして、私という個人が現れたように見えただろう。

橙《だいだい》色に染めた髪を馬の尾の形《ポニーテール》に纏めた、この私。

盗掘者にも似た探索者として各地の遺跡を渡る特殊技術者の卵。代々、魔術協会を主な取引相手として活動する魔術使い。協会風に言えば外部協力者とか。祖父は堂々たるもので、対等の関係であると言い切ってはいたものの。

神秘の探究者としての魔術の才能なんて、欠片《かけら》もない。

伝説を為《な》して人類史に名を刻んだ英霊たちと並び立つなんてあろう筈もない。

「……おいおいお嬢ちゃん。誰だアンタ？」アーチャーが首を傾げている。

「姿を変える魔術の類にしては何やら妙な」アサシンも同じような素振り。

「別人ね。魔術回路の在り方さえ違うのだから。位相の順逆を変換する神代の魔術、現代の魔術師たちからすればおよそ不可能な、魔法にも等しい所業……にしては発動する大仰な気配なんてあったかしら」

キャスターは既に事態の把握と予想を始めていた。

そして、セイバーは。

混乱する素振りもなく、ただまっすぐに、碧翠の瞳で私を見つめていて。

「あなたは」

声を掛けてくる。

それは誰何《すいか》の言葉だった。

こうして立ち竦《すく》んでいる愛歌ではない私が何者であるのかを問い掛けるもの。

答えよう。ええ、答えないといけない。

私は、この事態をどう正確に彼らへ伝えるべきかを考えていて、もう、それだけで頭の中が一杯で、正直に言って余裕はなかった。混乱もしていた。困惑もしていた。肉体の片隅にほんの少しだけこびり付いていたのが私の自意識であると思っていたから、まさか、何だか分からない場所から落下して愛歌を追い出してしまうなんてこれっぽっちも。

愛歌は何処に行ったのだろう。

彼女のいた世界へ、彼女本来の時間へと戻ってしまった？

きっとそう。望んでいる以上、私の肉体という楔《くさび》から解き放たれれば彼女は想い人の元へと一直線に戻っていくのだと思う。世界の中心であるかのようなあの不思議なワンルーム・マンションの部屋で置いていったものを取り戻して、誰より愛する蒼銀の騎士王——もうひとりのセイバーのところへ帰っていく。

そう、そのことも伝えないと。

沢山ある。話さなくてはいけないこと。

努めて冷静に。愛歌がやったようにはできなくても、ちゃんとしないと。

私の言葉ひとつで四騎は事態をどう把握するのかが決まるのだ——

もしも、私が、間違えたなら。

第四層に配置された幻想種・魔獣・罠等々による干渉なり刺客なりと判断されて、私はたちまち殺されるのだろう。具体的にどういう経緯でそんな結末を迎えるかは考えきれないまでも、四騎が仮初めの共闘を取りやめて殺し合いを始めたっておかしくは、ない。

え。え？

私は。殺される？

ああ、ああ、そうだ。その可能性！

それは——大いに有り得るどころの話ではない！

「わ、私……は……」

声が引きつっているのが自分でも分かる。

ああ、情けない。

愛歌であればもっと堂々としていたろうに、もっと綺麗《きれい》な響きであったろうに。

恐怖と混乱が唇から溢《あふ》れてしまいそうなのを堪《こら》えて、私は、神秘と幻想の具現たる四騎へと言葉を述べようとする。リアルタイムで発言内容を選びながら、考えながら。必死になって。こんなにも懸命になって何かを考えるのは、エジプト辺境の遺跡で遭遇した人面獅身獣《スフィンクス》を模して作られた意地悪な太古の魔像《ゴーレム》の投げ掛けてくる質問に返答しようとした時以来！

あの時は、祖父の馴染《なじ》みだった眼鏡の女性の言葉を思い出して事なきを得て。

今は。駄目。

焦燥が意識を埋め始めていく。

頭の中が真っ白で、怖くて、怖くて——

「おい嬢ちゃん！」

アーチャーの声が耳へと飛び込んでくる。

何だろう。私は何かをしただろうか。鋭い言葉を掛けられるような失態を？

怖い。嫌だ。死にたくない、私はあなたたちの役に立つようなことは何もできないだろうけど、嫌、痛いのも怖いのも死んでしまうのも嫌！

「来ないで」

と、言えたかどうか。

私は自分がどういう状況に在るのかを今更になって知る。

すなわち、我知らずにじりじりと後ずさっていて、つい先刻にアーチャーかアサシンが愛歌を含めた一団《パーティ》に対して告げていた「このあたりの壁にはたっぷり仕掛け罠《トラップ》があるから手を突いたりするな」という注意事項も忘れて、まさに壁に手を突こうとしている瞬間で。

あ、と思った時にはもう遅い。

私は罠を発動させていた。

石畳の地面を踏み締める足の感覚が不意に消失する。

瞬間的に発動して床に開いた大きな落とし穴へと、私は、なす術《すべ》なく落ちていく。

「……！」

流石《さすが》、英霊。サーヴァント。

咄嗟《とっさ》にセイバーとアサシンが私へと手を伸ばしていて。

間に合う。

彼らは確実に私が落下するのを阻む。

そうするだけの動体視力と身体能力を彼らは有しているし、何もしなければ私は引き上げられていただろう。他の罠が連動して発動しないように、アーチャーも同時に何かをしている。キャスターは一工程《シングルアクション》もしくはそれ以下の早業で、空中浮遊の魔術を私の座標目掛けて施そうとしている。

私は、この数日間で高速動作を捉《とら》えることに慣れた視覚ですべてを把握していた。

でも。でも。

私はすっかり参ってしまっていて。

超常の兵器も同然でありながら人智を超えた殺戮《さつりく》者である彼らに、怯《おび》えて。

愛歌の消失を知った彼らが落胆の果てにどのような回答を導くか、怖くて。

一秒でも早くこの場から逃げ出したくて。

差し伸べられる手を摑《つか》み返すどころか、がむしゃらになりながら壁を蹴《け》っていた。

自分から、ぽっかりと口を開けた落とし穴の暗闇へと――

落ちて行く。

ひとりで。


落下の感覚に内臓を持ち上げられていくのに合わせて、暗澹《あんたん》たる気持ちが湧いてくる。

知っている。

分かるのは、本来の出入口からはどんどん遠ざかっていくという実感ばかり。

迷宮の最下層である筈の第四層で更に〝下〟へ落ちるというのは、どうなのだろう。

結局のところ落ちてしまうのだ。

私は、落ちていく。


これは、所謂《いわゆる》、絶望というものだ。

何メートルくらい落ちているのだろう、私は。

死にたくない。叶《かな》うことなら生きて《迷宮》を脱出したい。熱いシャワーを全身に浴びて、髪を乾かすのもそこそこに、暖かな部屋で柔らかい毛布にくるまってベッドの上で眠りたい。お気に入りのカフェに行って日替わりのケーキを注文して、日向《ひなた》のテラスでのんびりと午後を過ごしたい。

祖父の遺してくれた蔵書さえまだ読み切れていない。

素敵な人と出会って、祖父母のように穏やかな家庭だって作ってみたい。妙な野心ばかり昂《たか》ぶらせた父のように破綻《はたん》した結婚生活を送ったりせず、ちゃんと子供を愛したい。

嫌だ。死ねない。

当代の探索者として名前を残したりはできなくたって構わない。

神さま。神さま、どうか。

日曜学校を途中で止《や》めてしまってごめんなさい。

五体無事に此処《ここ》から出られたら可能な限りは週末に教会へ行くと約束します。

お願い。私を、まだ殺さないで。

「いや……！」

喉《のど》から悲鳴が迸《ほとばし》る。

直後、私の背中が何かに当たる。大きな衝撃。全身がばらばらになる予感とは裏腹に、それほどのダメージはない。あまり長い距離は落下していない？

ほっとしたのも束の間。

真上に見えていた灯《あか》り——セイバーやアーチャーが手にしていたカンテラ代わりの魔術製の照明の名残りが閉ざされる。ごん、ごん、と重い音を立てて落とし穴が左右から閉ざされていく。重い石の立方体が穴を埋め尽くす。魔術の仕掛けだ。

自動的な開閉。

愛歌であれば床に開いた穴に落ちることもなかっただろうし、自動的に床がその口を閉じる前に脱出することもできていただろう。けれど、私にはできなかった。どころか自分でこうして落ちて行ったのだから当然だ。

セイバーたちは私を追うだろうか。

否。不可能ではないまでも、地面を掘削してまでこちらへ至るかどうか。

キャスターの魔術で隧道《トンネル》を掘ることは可能かも知れないが、この手の魔術の罠は得てして嫌らしい対策をするものだ。並の魔術師が遺した遺跡ならまだしも、伝説として密《ひそ》かに語られる魔術師コーバック・アルカトラスの《迷宮》であれば、脅威の魔術を操るキャスターといえども一筋縄ではいくまい。

安堵《あんど》していいものか、愚かなことをしたと嘆くべきなのか。

判断付かないままに私は更に転がっていく。

そう、落ちるというか――

今度は転がる、だ。

落とし穴の底は急勾配《こうばい》のスロープへと繋《つな》がっていて、私の体は自然とそこを転げ落ちていくばかり。目が回る。ぐるぐる、ぐるぐる。途中で止まったりできるような勢いではないから、もう、両腕で頭部を庇《かば》う姿勢を取るのが精一杯。

落ちて、落ちて。転げて、転げて。

もうどれくらい転がっているのか分からなくなった頃、行き止まった。

「……うう、痛い……」

視界に淡い光が飛び込んでくる。

辿《たど》り着いたのは、これまでの迷宮層とは趣の異なる自然洞窟《どうくつ》風の空間だった。

ここはまさか、とほんの僅《わず》かな間だけ希望を抱こうとして、敢《あ》えなく失敗。

自分は《迷宮》を抜けて何処かの洞窟へと、危険な幻想種も合成獣も存在しない純然たる外界へと出ることができたのかと勘違いすることさえ無理だった。光。淡い輝き。洞窟入口あたりから差し込む光線を反射して仄《ほの》かな明かりとなるヒカリゴケ、ではなく、魔術の働きによる光源であるとすぐに分かったから。

地面、壁面、天井。

すべてが結晶化して魔力の光を煌《きら》めかせている。

物理法則の支配する自然には存在し得ない、神秘の領域に違いなかった。

「まだ《迷宮》の中なんだ」

喉から舌の上を滑って唇から出てくるのは自分の声。

そう、愛歌の声じゃない。

今更ながらに私は実感してしまう。

この肉体から完全に愛歌が離れてしまったという事実を。

強靭《きょうじん》にして勇壮なる英霊と別れてしまったという事実を。

「私、ひとり……」

四騎は自分を見つけるだろうか？

分からない。愛歌を捜すことはあってもそれ以上ではないだろうと思う。きっと、落とし穴を落ちる直前までと状況は変わらない。万が一に発見されたとして、愛歌としての存在ではなくなってしまった自分を、彼らはどう扱うのか。

少なくとも、私は騎士王に相応しいマスターではない。

流石にそういう自覚はあって。

考え始めると、恐怖と混乱と焦燥がもう一度湧き上がってきてしまう。駄目だ。こんな私では。どうしたって神話や伝説の英雄たちと同行できる器じゃない。愛歌のような才能も判断力も持ち合わせていないし、多少の専門知識と技術はあっても、それを活かせるだけの装備は失ってしまっているのだから。

「装備」

言葉が滑り出る。唇から。

落下と転落で少しだけ痛む四肢をさすりながら起き上がろうとして、ふと。

腰のベルトに慣れた重みを感じて、私は言っていた。嘘。そんな。

「……だって、入口で私、すっかり全部落としてしまって」

装備一式――

背中の付け根の腰の部分に存在感。

手で触って目で確かめて、見慣れた探索用鞄がそこに存在しているのが分かる。

そんな筈がない。

私は、装備のすべてを失っていて。

だからこそ絶望の中で進むことも退くこともできずに、暗がりの充《み》ちる《迷宮》通路のただ中で立ち往生していたのだから。手の甲に浮かび上がってきた令呪《れいじゅ》を目にして、そこから自動的に流れ込んでくる知識で、亜種聖杯の存在と亜種聖杯戦争の開始を知って、目の前でセイバーが現界するさまをぽかんと眺めて――

そして、愛歌。

あなたが私の肉体へ降りてきて。

「愛歌」

名前を口にして、何故か思う。

「あなたが、取り戻してくれたの？」

根拠はない。

ただ、そういう予感だけがふっと頭の片隅に浮かぶだけ。

不意に涙が出そうになった。

孤独の心細さ、別離の悲しさ、それから奇跡へのささやかな想像と推測。

生死の拘《かか》わる極限状態に在るという現実も幾らか加味されている可能性もあって。

視界がじわりと滲《にじ》むのを止められない。私は、結局のところあなたに名前さえ告げられもしていなくて、言葉を交わしたことも何かの力を貸せたという事実もなく、ただ、全能ならざる肉体を以《もっ》て足手まといとなっただけなのに。

どういう想いであなたがこうしてくれたのか、本当にそうなのかも分からない。

あなたにとっては、何も、特別なことではないのかも。

それでも。

私は口元を押さえる。嗚咽《おえつ》しそうになるのを堪えて。

泣きじゃくりたくなるのを我慢して、強く、腰の重みだけを実感する。

無力でも。凡百の人間に過ぎなくても。できることはすべて、やってみよう。理由不明のままでも慣れた装備がこうして手許《てもと》にあって、正真正銘のゼロではないのだから。

「頑張るね」

聞く人はいないのに、声が漏れていた。

うん、と自分自身に頷いてから私は周囲を改めて見回して——

まずは観察。状況の把握。

そうしようとして意識する視野に飛び込んでくるものが、ひとつ。ふたつ。

『がんばるんだね』

『すてきだよ』

『すてきとおもう』

『いいよね』『いい』『にんげん』『だいすき』『がんばって』『わたしたち』『がんばるにんげん』『すき』『すき』『すき』『ここににんげん』『ひさしぶり』『うん』『はぐれたのかな』『かわいそう』『かわいそう』『がんばって』『かわいそう』『うん』

ひとつ。いいえ。

ふたつ。いいえ。

沢山《たくさん》の小さな小さな人影が見えていた。

仄かな魔力光を纏いながら――暗がりの洞窟に浮き上がるのは、昆虫の羽《はね》によく似て透き通った両翼を有したものたちだった。複数。群れ、だ。

愛らしい少女のようにも見えるそれらは、何だろう？

言語を解する？

私にとっては使い慣れた英語として聞こえている。

唖然《あぜん》と口を開いて状況に対して硬直している私の元へと、次々に群がってくる。

翼がうっすらと輝いているかのよう。同じだ。天然自然の洞窟のような形状を成している周囲の結晶空間、その薄青の輝きと相似の色合いではあった。もしかして、彼らはこの領域に棲息《せいそく》する幻想種の類だろうか。そうであるならこの洞窟は《迷宮》の一部ではなくて、秘境としての性質を有する自然物？

でも、幻想種が、英語？

人面獅身獣は音声としての言語ではない精神的な対話を成していた、けれど。

たとえば五世紀頃の英雄である騎士王は、当時のブリテンで使われていたであろうブリトン語が本来の言語である筈だ。亜種聖杯という媒介があるからこそ、英霊として召喚されれば彼女は順当な言語能力を付与される。でも、当時の彼女本人としては、やはりブリトン語や、それに近い言葉を話すのだろう。

幻想種にしても似たようなもの――ではなかったろうか？

祖父ほどには知識の多くない私では断言できない。

言語能力を有する以上、相手に応じて言葉を使い分ける可能性だって有り得る。

ほら、今だって聞こえてくる。

『だいじょうぶ？』

『こわくないよ』

『あんしんして』

口々に優しい言葉を彼らは掛けてくる。

彼女ら、彼ら。性別は明確には分からない。

人間よりもやや大きな瞳だけで構成されているような眼、全体的に人間の少女を連想させる滑《なめ》らかな肢体、風もなく揺らめく柔らかそうな髪。

姿も声も言葉も何もかもが、優しげで。穏やかで。

私は——

油断してしまう。

「妖精《ようせい》……」

ぽつり、と単語を舌の上に載せていた。

子供向けの絵本や大衆向けのアニメーション映画等にしばしば登場するもの。

ああ、私は、本物の妖精がどう在るものかを幼い頃から見知っ、て、い、るのに！

「きれいな、妖精さん」

私は贋物であるそれらへと知らずに手を伸ばす。

微笑みながら囁《ささや》くものたちへ、こっちへおいで、とジェスチャアをする。

違う。違う。これは違う。

祖父に連れられて行ったアイルランドの秘境で目にした本物とはまったく違う、此処は魔獣や幻獣の類が隠れ棲《す》む自然の奥地ではなく《迷宮》の一部に過ぎず、これらの浮遊して声を掛けてくるものたちは幻想種でさえない。この時、私は、きっと彼らの術中に完全に嵌《は》まってしまったのだろう。

一定距離にまで接近されたが故に判断力は失われて。

理性と知識が違うと叫んでも、もう、止めることができない。

うっとりとした表情さえ浮かべながら彼らに手を差し出して、さあ――

「めしあがれ」

存分に捕食してくれと自分から言ってしまうなんて。

祖父の上客であった眼鏡の女性がかつて教えてくれた。物語に在るような少女の姿をした妖精などを目にしたら、十中八九は〝本物〟ではない。贋物だ。どころか、魔術師が作り出した使い魔であると認識すべきである、と。

そして、私の体に群がってくる彼らも同じく。

これまでに《迷宮》で遭遇した魔術的存在に他ならなかった。

恐らくは合成獣。

不気味の光景どころの話ではない。最早《もはや》獲物であるところの私は完全に無力化されたものと認識したのか、ぱっくりと縦に顔を開いて、頭部全体を牙《きば》の生えた〝口〟として贋の妖精たちが襲い掛かってくる。

「……！」

声にならない。

私は、何らかの魔術的効果によって縛られた状態で拒絶の意思を迸らせる。

姿勢としては手を差し伸べているような形ではあるから、もしも、この瞬間の私を見る誰かがいたとしたら、何と愚かな者がいたものかと思うだろう。魔術世界に於《お》ける伝説とさえ言われる《迷宮》の最終層、少なくともその一部ではあるだろう空間で、第一層から第三層までを踏破しながらこんなにもあっさりと命を落とす莫迦《ばか》がいるのか、と。

そうだ。

私は莫迦だ。

身動きできないままに、瞳の奥で恐怖を叫ぶ。助けてと。

悲鳴が洞窟内に響く頃には、もう、妖精もどきに半分以上も喰われているのだろう。

『いた』『いた』『いた』『いた』『いた』『いた』『いた』『いた』

『だき』『だき』『だき』『だき』『だき』『だき』『だき』『だき』

『ます』『ます』『ます』『ます』『ます』『ます』『ます』『ます』

『い　た　だ　き　ま　す』

無邪気で拙《つたな》い英語が響いて。

服ごと肌が引き裂かれて、肉を抉《えぐ》られる激痛を私は予感する。

唯一自由になる瞼《まぶた》をぎゅっと閉じて、せめて、視覚情報だけはと遮断する。

けれど。

一秒、二秒。

三秒が経っても痛みは襲ってこなかった。

「……？」

ゆっくりと、恐る恐る瞼を開ける。

こぼれ落ちなかった涙で滲んだままの視界に映ったのは、残虐の怪物ではなく。

——白でもなく、黒でもなく。

——灰色《グレイ》。


私は死んでいなかった。

私は、生きて、絶対の窮地から自分を救ってくれた人物を見ていた。

奇妙な形の武器——異形の〝槍《やり》〟のようにも見えるし、バロック絵画の中の死神が担いでいるような大鎌の如く見えるもの——を片手に持った、ひとりの少女だった。

印象は灰色。

殊更に強くそう感じてしまうのは顔を覆う頭巾《フード》の色合いからだろうか。

身に纏う外套《マント》は黒であるのに、どうしてか受け取る印象は灰色だった。

顔立ちは、よく分からない。ちょうどフードで影が差している。

なんとか認識できる口元あたりを見ると、何故か、安堵のようなものが湧いてくる。

「あり……がとう……」

助けてくれた。

彼女は、確実に死へと落ちつつあった私の命を守ってくれたのだ。

その事実こそが安堵を生んでいたのだと、この時の私は些《いささ》かの思い違いをしながら、やっと自由になってくれた唇を動かしていた。喉も動く。声が、言葉が漸《ようや》く自由に出せるようになっていたから。

私は、ぺたんと地面に腰を落としたままの状態で周囲を確認する。

いつの間にかまた転んでいたらしい。体のあちこちが痛むのは落下と転落の名残りだけではなくて、あの妖精の群れの怒濤《どとう》に気圧《けお》されて、身動きできないながらも自然と竦《すく》んで、こうして尻餅《しりもち》をついたせい？

贋物の妖精たちは一体残らず活動を停止していた。

きっと、あの武器で一閃《いっせん》してくれたのだろう。

私の足下に散らばっている残骸《ざんがい》の断面を目にすれば一目瞭然《りょうぜん》だ。最終層にまで至った侵入者を襲うために配置された怪物であれば、ある程度の防護手段を施されているだろうに、私が瞼を閉じていたごく短時間で彼女はそれを成し遂げたことになる。

強力な礼装？

いいえ、私はあの武器を目にして別の可能性を思う。

魔術師たちの操る魔術礼装は確かに強力で、超のつく一流どころともなれば、現代兵器で言うところのミサイル規模の破壊をもたらすものも在るとは言うけれど。私の眼は、その程度のものではないと認識していた。

何かで覆い隠されているのかはっきりとは分からない、でも、まず間違いない。

この《迷宮》に入る前の私だったら、ええ、こんな風に断言なんてしていなかった。

第一層から第三層までの間に実例を見ていた経験こそがそうさせる。

あれは、きっと――宝具だ。

英霊を英霊たらしめる伝説の具現にして幻想の窮極。

現代の魔術では到達し得ない高みに位置するノウブル・ファンタズム。

だから、彼女は。

この灰色の少女は、きっと――

「あなた、ランサーね……？」

英霊なのだ。

宝具を現代の人間が扱うだなんて聞いたことがない。

総勢四騎と聞いてはいたし、確かにセイバーたちも口にしていて、それをこの瞬間まで私も信じていた。セイバーや他の三騎が嘘を吐いていたなんて思わない。ただ、亜種聖杯が何かしらの理由で追加の一騎を召喚していたとしても不思議ではないだけだ。

亜種聖杯のことは幾らか私程度でも聞き及んでいる。

極東、冬木《ふゆき》市にかつて在った大聖杯をモデルとして作られた万能ならざる願望機。

冬木聖杯は最大七騎の英霊によって魔術儀式・聖杯戦争を成していたものの、亜種たる聖杯が現界を許す最大値は七騎ではなく五騎である、と。

最大五騎。それなら数は合う。

セイバー、アーチャー、アサシン、キャスター。

加えてランサー一騎。

「……どうして、これが〝槍〟に見えるんですか」

「じゃあ鎌……？」

「――――」

曖昧《あいまい》に少女が頭を傾ける。

頷いたのか首を横に振ったのかはよく分からない。

槍ではないのなら。剣でもなく弓でもないが故に槍として扱われるのだろうか？

まさか、鎌による収獲者《リーパー》なんてクラスは聞いたこともない。

私は、この時点で完全に、思い違いを重ねていた。

ただの人間がひとりきりで迷宮最終層まで辿り着くとは考えもしなかった。だから、こうして自分を救ってくれたサーヴァントであろう少女に対しては、自分がセイバーのマスターであったことは——愛歌が消え去ってしまった瞬間までの間に限って言えばこの肉体がマスターとして機能していたことは、黙っておくべきだろうか、と考えて。

そう、五騎目の英霊がセイバーをどう捉えるかは分からない。

令呪も消えてしまった私ではあっても、マスターであったならば排除しておくのが順当か等と考えられてしまってはいけない、と判断材料が不足したままで考えて。

「私は、ええと」

何を言うべきか、考えて。

何を言えるのか、考えて。

名前。

愛歌にはずっと言えないままでいたそれを、口にする。

「名前、ノーマというの」

ノーマ・グッドフェロー。

それが私を私たらしめる名前《もの》だ。大好きな祖父が名付けてくれた、大切な。

妙な感覚があった。

ほんの少し前までは私のものではなかった肉体で、私は、この肉体が本来備えていた筈の名前をこうして告げている。愛歌にでも、セイバーにでもなく。けれどあのふたりのようにしてこの命を守ってくれた、初めて出会ったばかりの少女へと。

「魔術協会の依頼で、ここへ来たの。それで」

「……拙《せつ》と、目的は同じですよね」

「そう、なの？」

「はい。あなたと、あまり違いはないと思います」

少女がまた頷く。

人間にすぎない私と英霊である彼女とでは大いに違いがあるような気はしたものの、敢えて指摘はしないでおく。多くを語ってしまったら、不注意な私は多分、隠したいと思っている事柄さえもぽろぽろと零《こぼ》してしまうのは想像に難くない。

それに、私は口を差し挟めなかった。

聞き漏らすまいと聴覚情報を整理して頭に叩《たた》き込むのに忙しくて。

驚くべきことに、何と——

「行く先も、求めるものも似ている筈です」

五騎目の英霊は憚《はばか》ることなく身上を教えてくれたのだった。

その言葉は端的で、幾つか順序が行き違っているような雰囲気もあって、聞いたままではよく意味の取れないこともあったけれど、彼女の語る情報の大綱については理解できたと思う。ええ、多分できた。できているといいな。

曰《いわ》く、少女自身も魔術協会の所属であるようなもの。

曰く、目的は《迷宮》の調査と脱出。

「ひとりで潜るつもりじゃなかった?」つい、私は鸚鵡《おうむ》返しにしてしまう。

「はい、拙は……」

何かを言い淀《よど》むような素振り。

フードの陰越しに少女の瞳が見ているのは上方向。それは上層、もしくは。

「……早く、師匠のところへ戻らないと」

「先生がいるのね」

「はい」

英霊の座へ帰還したいという意味？

それなら、亜種聖杯に対する方針はセイバーと同じく〝破壊〟なのかも知れない。

魔術協会の所属云々《うんぬん》についてはよく分からないけれど。マスターがいるとは言っていないから魔術師と直接の繋《つな》がりがある可能性は薄いとしても、何らかの理由で魔術協会の意向を受け取って行動している？　この《迷宮》に侵入した魔術師と接触したとか？

「師匠は待っています、だから」

そう言いながら、鎌の少女は手を差し伸べてくる。

一瞬。思ってしまう。落とし穴に引っ掛かってしまった直後の出来事、セイバーとアサシンが私へと向けてくれたそれぞれの手を。罠に掛かって人喰いの妖精もどきに手を伸ばしてしまった、愚かに過ぎる私自身を。

私は、ああ、決定的に間違えているのではないだろうか。

あの時、手を伸ばすべきだった？

後者に際してはそうではない。伸ばすべきではなかった。

前者については断言できない。焦燥と混乱の言葉で、彼らを納得させられたかどうか。

では、今は。どの選択が正しいのか。

「ありがとう、ランサー」

「いえ……」

「あなたは私を助けてくれた。なら、きちんとお礼をしなくちゃ」

少女の手を取りながら立ち上がる。

数多《あまた》の死が巣くう《迷宮》の中で、私は、できる限り正しい方向へ進みたい。

だから、ごめんなさい。

誇り高い騎士王、セイバー。

眼光鋭い弓使い、アーチャー。

天使のような彼、アサシン。

優美の女魔術師、キャスター。

私、生き残りたい。

まだ――祖父や母や父のくれたこの命のままに、私は、私《ノーマ》として生きていたい。


あんな風には死にたくない。

人間を容易《たやす》く殺してしまう《迷宮》の入口付近での出来事を私は思い出す。

こうして、口にしているとつい今しがたのようにさえ思う。それぐらい生々しく、忘れられないくらいの衝撃だった。この《迷宮》ならざる遺跡にあっても、似たようなことは多々あって、その度に私は逃げたり泣いたりしてきたのだけれど。

第一層。外界との出入口のすぐ近く。

魔術協会の外部委託者として、私は《アルカトラスの第七迷宮》へ挑んでいた。

勿論《もちろん》ひとりきりじゃない。

周囲にはそれなりに多くの人々がいた。私と同業で、私よりもよほど経験に富んでいた探索者たち――有り体に言えば、魔術を神秘の探究のすべてではなく道具の一種として駆使することで、秘境に隠された遺物を収集する盗掘家たちだ。私たちは、一般の世界の盗掘家と区別する意味合いで探索者を名乗るけれど、実態としては大差ない。

魔術世界の住人とは言い切れず。

一般世界の住人とも言い切れない。

協会の外部委託者として、魔術触媒となるような貴重な物品を収集することも多い。

というか、私の一族は協会の外部委託を代々生業としている。確か七代前とか十代前とか、ずっと昔からそうしてきた。特に祖父は、協会の中でもどちらかというと正道から少し外れたような人と多く付き合いがあったように思う。

私に依頼をしてきたのも、祖父の知人という協会関係者だった。

当然、私は、嫌だった。

噂に聞く《迷宮》へ来るのは怖かった。

でも。私も祖父のようになりたいという気持ちが何処かにあって、それに、今回の探索は複数の探索者たちで構成された一種の調査隊であって、その筋ではそれなりに名の通った人物も参加すると聞いて——

それなら、と思ってしまった。

自分も偉業の一端に参加できるのかもしれない、とか。思って。欲を出して。

そして。

「……生き残ったのは、私だけだったの」

淡く光る人造洞窟を進みながら、私は隣を歩く鎌の少女へと呟《つぶや》く。

頷いているのが分かるから、返答はなくても聞こえているのだろうと思う。

「魔獣の一種なのかな、通路を埋め尽くすぐらいに大きな蛇が現れて。まず先頭のひとりを呑《の》み込んでから、次は数人まとめてぐるぐる巻きにして」

それから、そう、嫌な音がしたのだ。

巻き付かれてしまった彼らの全身の骨が折れる音。

私は、完全に戦意喪失状態になった。

有名な探索者のおじさまが何かの攻撃魔術を放って、確か炎か何かだったけれど、鉄の塊のような鱗《うろこ》は魔術の熱を弾《はじ》いてしまって。今にして思えば、当然だ。亜種聖杯が召喚した英霊との戦闘を想定して配置された魔獣が、協会の魔術師ならまだしも、たかが魔術使いの一撃で倒される筈がない。

呆然《ぼうぜん》となったおじさまが、呑まれて。

気付けば、もう、命があるのは私ひとりになっていた。

私は錯乱しながら魔術を連発して、走って、走って、右も左も分からないままにただただ走り続けて、装備一式を落としてきたことさえ気付かずに、暗がりの中をひた走って。

それから、どれくらい経ったのか。

ひとりきりで通路に立って呆然としていたら、右手に痛みを覚えて——

「右手、ですか」

「あっ、ううん。何でもないの。走ってる最中に何処かでぶつけたのかな」

ちくり、と胸の奥に痛みが走る。

痛み。罪悪感。

少女の声に対して嘘を吐いてしまう私自身への嫌悪として。

右手の痛みは令呪の発現に伴うものだから、本当は語ってはいけないことだったのに、ぽつぽつと語っているうちにそこまで言い掛けてしまっていたのだ。駄目。セイバーのことだけは何とか隠しながら、伝えよう。

隠したい事柄があるなら嘘で隠したりせず、真実で覆うようにしなさい。

祖父はそう言ってくれたのに。

私、できていない。

多くを語れば語る程に襤褸《ぼろ》が出る。

「拙は魔術には疎いですが、応急措置でしたら少し心得があります」

「ううん。簡単な治癒くらいならできるから、もう大丈夫」

装備一式として携帯している礼装があれば、の話。

つい先刻までは何ひとつできなかったに等しい。

でも、今は、腰には慣れた重みが在る。きっと愛歌が届けてくれたこの鞄さえあれば、無力で不出来な私でも幾らかのことを成し遂げられる。英霊たちのように人智を超えた超常のわざ、とまでは到底行かないけれど、ささやかに。ほんの幾つか。

たとえば、こうして。

鎌の少女が進んで行こうとするのを制止して、地面に天秤《てんびん》型の礼装を設置。

魔力を込めて練り上げた岩塩を、天秤の片方の皿にさらさらと落とす。もう片方の皿には何も置いていないものの、天秤《スケール》は、その平衡を崩さない。

「……天秤《スケール》よ、示せ《スケール》、示せ《スケール》、示せ《スケール》」

示せ。示せ。示せ。

延々と同じ言葉を連ねて呪文詠唱と成す。

結構な時間が掛かる。響きも良くない。やはり所詮《しょせん》は魔術使い、詠唱ひとつ取っても美しさの欠片もないと魔術師たちは言うだろう。私も、そう思う。あまり格好いいものじゃないし、一分近く同じ言葉を言い続けるのは、途中で呼吸を挟んではいてもきつい。

でも、効果はある。

世界にかろうじて刻まれた魔術基盤が魔術回路を通じて作動してくれる。

魔術がかたちを成す。

ふっと息を吐けば、天秤から吹き飛んでいく岩塩が青く光を発する道標《みちしるべ》となって安全な道行きを示してくれる。ほら、ぐねぐねとした蛇行の道筋が、青色に描かれる。やっぱり魔術の罠が仕掛けられていた。

　効果までもは分からない、それでも恐らく致死の罠。

「ふう」

　罠発見、成功！

　アサシンのように鮮やかな手並みとは行かないまでも、瞬時の発見とは行かないまでも、魔術をこうして併用することで何とかぎりぎり私にも叶う。一流の魔術師であれば、危険感知の礼装を常時起動させておくなり、魔術的な視野を発動させて周囲のすべてを把握したりもできるのだろうけれど。

　私には、装備があってもこれだけで精一杯。

　でも、何もできなかった時に比べれば、ゼロに比べれば——幾らかは。

「青いのに沿って歩けばいいから、ついてきて」

「探索の魔術、ですよね」

「うん」少女の言葉へ頷きながら「ちゃんとした魔術師のひとに比べたら大したものじゃないんだけど、罠がありそうだなって一度思ったならこの手の対処はできるの」

「こうして目に見えていれば、躱《かわ》しながら進めます」

「ごめんなさい。解除も本当はできればいいんだけど、自信がなくて。解除しないとまったく先に進めない時は、頑張るけど、回避で済む場合は……」

「拙は構いません、ただ」言い淀む気配。

「ただ？」

「罠の有無を勘で感じ取る……ですか？」疑問の視線。言葉。

ああ、それは。

私の特性というか特質というか。

取り柄と言える程には磨き抜かれている訳でもないので、あまり、私は口にしない。

でも此処で隠す必要はない。かな。


——私の両眼。祖父が妖精の眼《グラムサイト》として教えてくれたもの。


魔術の世界。魔術師の世界。

神秘と幻想の世界にあって、こと〝魔眼〟の類は特別なものではあるけれど。

私のそれはあまり凄《すご》い価値がある訳でもない。と、思う。

ほんの僅かに、現実の視覚とは焦点がずれている、いるだけ。魔術の気配なり魔力の有無なりを何となく感じ取れるかどうか程度で、地上の生命の系統樹から外れた幻想種が秘境の奥地で明確なかたちを有していない状態でも、朧気《おぼろげ》な姿を捉えられる程度。種別や詳細なんて分かる筈もないし、視線の対象に何かを働きかける力もない。

東洋で言うところの〝浄眼《じょうがん》〟に近い、らしい、とか。

ただ、やはり、本物のそれには遠く及ばない。

熟練の探索者たちが多く有する〝経験と勘〟の方が、よほど役に立つ。

私の場合、浅い経験の代わりにこの眼を使っているだけのこと。

「そんなに、特別なものじゃないの。妖精の眼なんて言っても、本当にそういう訳じゃないし、お墓の近くを歩くとたまに幽霊《ゴースト》がぼんやり見えて怖かったりするし」

「幽霊……ですか」

少女の声に翳《かげ》りの色が混ざる。

私は何か、また、余計なことを言ってしまったのだろうか。

謝るべきかも知れない。

そう思って、口を開き掛けてからふと思う。

そういえば。

この少女、槍の英霊《ランサー》と思《おぼ》しき彼女は――

「……ねえ、ランサー。あなたのクラスのスキルには、この手の遺跡を進むのに適したものは……ない、よね。それなら、どうやって最終層まで……？」

「拙は、ついて来ただけです」

「？」

特に隠す訳でもなく返答してくれた、けれど。

よく分からない。

私は思わず、大きく首を傾げてしまう。

子供向けのカートゥーンであればクエスチョンマークが頭の上に浮かびそうな程に。

すると、声がした。少女の口からではなく、当然、私の口からでもなく。

重さの類を感じさせずに少女が携えている武装——大鎌の、刃の付け根あたりから。

「イヒヒヒヒヒヒ！　おいおい、そこはちゃんと答えとけよ！　言葉が足りないんだよぉ前は！　罠感知なんぞに長《た》けてるとか解釈されたら、お前、あっという間におっ死《ち》ぬだろうが。えーとだからだな、ノーマっったか。俺たちはお前らの後をゆっくり付いてきたってコトだ。罠なり怪物なりの排除された正解ルートを、周回遅れで、感知されねーぐらいの後ろをな」

成る程。

それなら合点はいく。

というか待って。待って。男性の声？　え？

間違っても少女の声とは違う、どこか意地悪そうな響きの男性のような声だった。

何が起こっているのか分からずに、誰がどこから話しているのか分からずに、目に見えて慌てているだろう私の顔を、少女も困ったような雰囲気を浮かべて見ている。

「いやー大変だったんだぜぇ」

謎の声は語る。

順調に第四層までは進んでいたものの、先刻、とうとう何かの罠にかかってここまで滑り落ちてきてしまったのだとか。

「ほんと間抜けなヤツだ。そもそもお前、この娘に名前も名乗ってねえだろ、グレイ」

「グレイ？」

え。名前？

「すみません、自己紹介が遅れました。拙は……」

そして、灰色の少女は告げる。

私が初対面の際に抱いていた印象のままの名前を。

グレイ《Gray》。

英霊としての真名？

でも、そういう名前を持った〝鎌〟の英雄に心当たりは——ないような——

ACT-5

Fate/Labyrinth

「ねえ、グレイ。ちょっといいかな」

「はい」

「さっき私に沢山《たくさん》喋《しゃべ》ってくれたのって、あなた、じゃないんだよね」

「……拙《せつ》ではないです」

「そ、そうなんだ。うん。多分そうかなって私も思ってた」

一瞬の間。

私《ノーマ》にとって、さほど気になる程の時間ではない。

「はい」と頭巾《フード》越しに言って、灰色の少女が小さく頷《うなず》く。

最大限に周囲への注意と警戒を行いながら、私たちふたりは先へと進んでいた。

目指す場所は明確には分からない。最終的に私が求めているのはこの《迷宮》に於《お》ける生存と脱出であり、少女が求めるのは調査と脱出。言葉だけ捉《とら》えるならふたりの目的は重なってはいて、その点でも協調することは可能なのかも知れない。

けれど、彼女はきっと英霊《サーヴァント》だから。

武器から響いた謎の声も――何らかの宝具かスキルによるものなのだろう。

私の言っている〝脱出〟が文字通りに《アルカトラスの第七迷宮》の外へと出ることであっても、グレイにとっては恐らく違う。亜種聖杯による束縛から放たれて、サーヴァントとしての現界を解除することを指しての〝脱出〟なのではないかと私は推測する。

けれど。

何度か唇を開いたり閉ざしたりしている私には、最終確認が取り難《にく》い。

はっきりと言葉にして確認するのが躊躇《ためら》われてしまって。

状況に甘えてしまっている。

この、自然洞窟が結晶化したかに見える広々とした空間の連続に。

言ってしまえば〝一本道の大通路〟と言えなくもない、のかな。左右に幾度もうねっているので自《おの》ずと直線ではなくなっていて、先に何があるのかを一息に見通せない構造上、一方通行なのだと断言してしまうのは憚《はばか》られるけれど。

少なくとも、私とグレイが出会ってからの小一時間は分岐路に行き当たっていない。

移動できるのは目の前の道ひとつ。

ふたりとも前進するしかないという状況にこそ、私は甘えているのだ。

後ろへ引き返しても意味はない。もう、試した。

彼女が落ちてきた場所が在るというので確認したところ、私の落ちてきた地点から直線距離にして約五〇メートル後方で、尚且《なおか》つ、丁度そこで結晶洞窟は行き止まってしまっていたから。進めるのは、こうして私たちの眼前に続いている前方だけ。

迷宮最終層たる第四層——

その下方に位置するのは確かではあるから、第四層半とでも言うべきだろうか。

私は此処《ここ》まで落ちてきた。

奇妙に響いた男性の声を信用するのなら、グレイも同じようにして。

すぐ隣を歩く彼女の姿を、私はそっと盗み見る。

横顔。フードで陰になってはいても、その鼻から唇、顎《あご》にかけてのラインは洞窟壁面から淡く放たれる魔力の光で浮かび上がっているから観察は可能だった。綺麗《きれい》な顔立ちをしている、のだと思う。ええ。うん。年頃の少女らしい可憐《かれん》さが在る。愛歌《まなか》や私よりは背が高いし、この顔立ちであれば何歳ぐらいになるのだろう。

直近に出会った人々でたとえるなら、そう、たとえば聖剣の――

と。考え掛けながら。

灰色の少女の姿を改めて眺めつつ。

「あれ？」

思わず声に出てしまった。

何だろう、と振り向いてくるグレイへ何でもないよと慌てて首を振る。

警戒を緩めてしまいそうになっていたから、視線も前方の空間へと向け直す。

それでも。少女の現在の姿を私は既に認識していたから、記憶を手繰ればこうして思い返すことができる。うん。うん。ああ、やっぱり。変な声を出してしまった理由。いつの間にか、彼女が手に持っていたはずの大鎌は消えている。

あんなに大きなサイズの武装であるのに、何処にも見えない。

　武装解除、とか。

　その手の能力に依《よ》るものだろうか。

　セイバーにせよ他のサーヴァントにせよ同様の行為はあったように思う。風の宝具に覆われた見えざる剣が不意に存在感を失っていたり、アサシンの短刀が手許《てもと》に消えたり現れたり、キャスターの杖《つえ》にしても同じく。

術の英霊《キャスター》だけがそうしていたなら魔術だろうけれど。

「……ううん、何でもないの。驚かせてごめんなさい」

「驚いては、いません」

「ごめんね」

　謝罪の言葉ならするりと出るのに。

　言葉、か。

　この小一時間、きちんとした申し入れを私は行えていない。

　グレイは目的を幾らか明かしてくれた。行く先や求めるものは似ている筈《はず》だと言ってくれて、こうして、隣を歩いてくれてもいる。黙っていれば、何となくこのまま何処までも同行してくれるのではないか、とほんのりと期待してしまいそうになる。

彼女の厚意かも知れない何かに甘えて、縋《すが》っている状況。状態。

でも。それでは駄目だ。

臆病《おくびょう》で後ろ向きな私でも、そのくらいは分かっている。

果たしてどのレベルまでの共闘態勢が取れるものであるのか、私たちは、互いに認識すべきなのだ。幻想種や合成獣《キメラ》がいつ襲ってくるかも分からない《迷宮》を生き抜くだけの戦闘能力を私は有していないし、彼女は《迷宮》を進むための心得が殆《ほとん》どない。

何となく私たちは歩き続けている。

そして私は、ずっと迷っている。

目的の最終確認を取ってから、改めて、グレイに同行を願い出る——

たったそれだけのことなのに。怖い。怖い。

期待と願いが叶《かな》わなかったら？

私ひとり、この、結晶の空間に取り残されてしまったらどうしよう。

そんな風に考えそうになる。いいえ、考えている。だから怖い。言い出せない。

——何かのきっかけがあったらいいのに。そうすれば、きっと！

私は内心で〝何か〟へ願う。

神さまにはもう沢山そうしてしまったから、それ以外の何かへと。

愛歌が思い返していた記憶の海の中で仄見《ほのみ》えた、幾つかの輝けるものを私は思う。

孤高なりし優しき竜を。

最果てにて輝ける光を。

そして、宇宙の暗黒のようでもありながら輝きの窮極のような何処かを。

瞬間、耳元で誰かがそっと囁《ささや》くような錯覚が湧いていた。

そんなに簡単にお願いなんかしては駄目よ、と言われたような。グレイがまさかそうする筈はないから、侵入者排除のために仕掛けられた魔獣なり幽霊《ゴースト》なりの類《たぐい》だろうかと俄《にわか》に戦慄《せんりつ》して、立ち止まりながら振り返って、それから。

お腹が鳴っていた。

くぅ、と。

自分でも、ああ、小動物の鳴き声じみているなと感じる程度のささやかさで。

「あ……ぁ……」

反響。反響。ただでさえ恥ずかしいのに、結晶壁は音を容易に反響させていく。

反射的に頬が熱くなっていく。一呼吸と置かずに耳の端まで赤くなる。臆病で度胸がなくても、赤面ならばそれなりに我慢できる性質《たち》だったのに、こういう時に限って耐えきれないなんて。

「そ、そういえばノーマ、拙も――

此処に閉じ込められてから何も口にしていません」

助け船。なのかな。

ぱっと顔を向けるとグレィと視線が重なった。

訂正。重なった風な気がした。実際にはフード越しの彼女の瞳《ひとみ》はよく見えないまま。

兎《と》も角も、私は決めた。溺《おぼ》れかけていたのは確かなのだから船に乗ろう。なけなしの勇気を振り絞って、私は、立ち止まる。彼女も合わせて立ち止まる。

「ふうん。そういうことなら食事に、し、しようかしら」するりと言い切れない私。

「そう、ですね。同意します」頷いてくれる彼女。

「うん……」

真っ赤になった顔を私は完全に露呈していたけれど、誤魔化《ごまか》すように俯《うつむ》いて。

腰に装備した探索用鞄《かばん》を地面に置いて、二重の頑丈な留め具《ジッパー》で閉じられたそれを開く。

探索者の中には魔術錠《ミスティック・ロック》まで掛けておく人もいるとか。私の場合は違って、誰でも開くことができる。

私は死にたくないし、死ぬつもりはないけれど、万が一にそうなった場合。

私の同行者なり、後から探索をして私の死体を見つけた誰かが、装備を引き継いだり物資を補充したりできるようにと考えてのこと。私の発案、と言えれば立派なのだろうけど、残念ながら違う。先祖代々の教え通りにしているだけ。

鞄を開ける。

保存食は常に携帯している。水筒も。

ああ、水分補給！

どれだけ私は思考を鈍らせていたのだろう。緊張するにも程がある。

この瞬間まで完全に忘れていた、こまめな水分の摂取が如何《いか》に人体に重要か！

「お水、飲む？　グレイ？」

「あ、いただきます。ありがとう、ございます」

「水筒ひとつ渡しておくね。まだ三本あるから、なくなったら言って」

「はい」

私の見ている前で、銀色の合金水筒《ステンレス》をグレイは受け取って。

その場でまずは一口。

こくり、と可愛く少女の喉《のど》が僅《わず》かに鳴る。

ふと思う。英霊のエーテル体の維持に対しても、水分は必要なのだろうか？

セイバーは栄養も水分も適宜補給していたけれど、彼女には他のサーヴァントとは異なる特別な事情がある以上、現界した英霊たちの標準値としてみなすのは無理があるだろうから、愛歌とセイバーの探索行をずっと見ていた私の経験は必ずしも此処で役に立つものではないのかも知れない。

「ん？」

内心で考えながら、更に鞄の中を探っていると——

見つけた。見つけてしまった。

有り得ない筈のものが存在しているのを、私は、視覚と触覚で把握する。

各種の礼装や触媒を格納している場所ではなく、休息用の道具があれこれ収まっている場所でもなく、食糧類を詰め込んでいる場所に当然のように置いてある。そう、入っているというよりは置いてある。

ちょこん、と何処か上品に。

携帯性のみを重視した味気ないレーション類の真上に。

愛歌お手製のお弁当《ランチボックス》が——

ひとつ。他の何よりも目立つような形で鎮座していた。

——侵入者の生命を悉《ことごと》く奪取し続ける《アルカトラスの第七迷宮》。

——先述したが、その構造は惑星魔方陣と関連するという説が有力である。

言うまでもなく、惑星魔方陣は一六世紀の魔術師アグリッパの提唱によるものだ。

カバラの思想を取り入れたこれらの魔方陣は、太陽系の各惑星に紐付《ひもづ》けられている。

今回の《迷宮》は中でも太陽の魔方陣に対応していると目される。


調査と検証が不十分ではある——

恐らくは各層ごとに六次魔方陣、すなわち太陽の方陣を描いていると推測される。

魔獣や合成獣の配置こそが方陣の点に相当する筈だ。

この推論は《迷宮》内で行方不明となっている弟子にも伝えてはいるが、移動中の短時間、具体説明を後に行う前提の言葉であったが故、完全に理解できているかどうか。


この説に基づけば、何らかの見立てに準じて稀代《きたい》の迷宮造成者《ダンジョン・マスター》として知られるコーバック・アルカトラスは《迷宮》を建造したと考えることも可能だ。

現代に有り得ざる幻想種が数多く棲息《せいそく》する《迷宮》を太陽に当てはめる。

この行為の意味するところは何か？

太陽魔方陣に於ける列の総和は六六六。

言うまでもなく是《これ》は新約聖書《バイブル》の最終書に記載された〝獣の数字〟である。

かの暴帝をこそ非難するメッセージであるとも解釈される預言書ではあるが。

まったくの偶然であると断言するには、未《いま》だ情報に乏しい。


現段階は、弟子の帰還を待つ他にない。

伝説の《迷宮》という匣《はこ》の中には、一体、何が眠っているのか。

アルカトラス氏ならざる新たな迷宮造成者は、何を望んでいるのか。


「嘘。お弁当……!?」

「食事《ランチ》がどうか、しましたか」

「え、ええ。うん、ない筈のものが在ったっていうか、何ていうか」

どうして此処に在るのだろう。

私《ノーマ》は何度か瞬《まばた》きをして、鞄の中に鎮座するお弁当の包みを観察する。

幻覚なんかじゃない。実物だ。

確かに。確かに、考えてみれば有り得るのかも分からない。

この探索用鞄がこうして私の腰に戻っていたこと自体が、そう、原理不明の事態であるのだから何が入っていても驚くに値しない。理屈では。見知らぬ爆弾が仕掛けられているような可能性だって十二分にあって。

いえ、いいえ。

あなたのくれた奇跡であるなら、それはないかな。

「……セイバーのためにあなたが作ったものよね、愛歌」

ぽつり。呟《つぶや》く。

空間を歪曲《わいきょく》させてあれこれと食糧や素材をドレスの裾《すそ》に収納していた愛歌。

そのうちのひとつがこうして、私の鞄の中にある。

本当は、セイバーに届けるべきなのだと思う。

手を付けてしまうのは気が引ける。憚られる。でも。

私は、どうしても――

私も、あなたたちの食べていたものを味わってみたかった。

肉体の片隅だとばかり思っていた場所で、私は、主に視覚と聴覚とを肉体に同期させていて、味覚も何とか同期させることは可能ではあったものの、やっぱり、完全な主導権を得た状態でのそれとは違う。

十全の状態で、愛歌が作ったものをちゃんと知りたい。

そんな風に。思って。

「ごめんなさい」

極東風に両手を合わせてから。

私は、作り置きの〝お弁当〟を探索用鞄から取り出す。

愛歌特製の迷宮風サンドイッチ。

樹精《トレント》の根のスライスをパンに見立てて、水鳥《ブーブリー》の蒸しもも肉薄切りのあぶり焼きと大型食人植物《クリーピング・プラント》の葉と果実を挟んだもの。味見の時に同期させた味覚を、今だって私は覚えている。確かめたい。歯応《はごた》えも、味も、咀嚼《そしやく》した後に呑《の》み込んだ時の感覚さえも。

ケルピーの水袋で適度に温度維持されたサンドイッチは、心地よく冷ややかで。

——いただきます。

——でも幾つかは残して、ちゃんとセイバーへ——

渡せればいいな。

渡したい。

マスターである愛歌が去ったことも、騎士王には伝えておくべきだと思う。

私にもっと勇気があって、理路整然と話せるだけの度胸さえあれば。

「なんだなんだうまそうだなオイ、お前も相伴にあずかっとけ！　グレイ！」

「アッド、ちょっと待って」

グレイの右手あたりから声が聞こえていた。

あの声だ。

咄嗟《とっさ》に視線を向けると、少女が持っているカンテラの中のソレと目が合った。

何だろう。誰だろう。話しているからには人格がある？

宝具。使い魔。魔術礼装。

幾つかの可能性を思い浮かべながら、私は、つい会釈のようなものをする。

それは、鳥籠《とりかご》を思わせる檻《おり》の中に収められた直方体の匣だ。

眼と口のような装飾が施されている、ように——見える。

「そ、そ、それって、何。ううん誰」アッドというのが名前なのかなと思いつつ。

「きっと驚かせてしまうと、思ったので……いつ言おうか迷っていましたが」

遠慮がちに少女が告げる。

大丈夫、驚いてないよと示そうと頷いてみるものの、私は明らかな驚愕《きょうがく》を隠せない。

音声の複製に依らぬものである場合、こと自在で柔軟な会話を成すものは幻想種にせよ人造人間《ホムンクルス》にせよ高度な知性を有している証《あかし》である、と何かで読んだ。祖父の蔵書だったような気がする。違ったかも知れないけど、今は思い出せない。

流石《さすが》は、英霊。

所有している何かもレベルが高い。

予想は事前に済ませてはいても、ああ、いざ実物を前にするとこんなにも。

「休憩中なら大丈夫、ですよね」

「う、うん。だ、だ、大丈夫。さっき声は聞いていたんだし」

「イッヒヒヒヒ！　それにしちゃあ随分真っ青じゃねえか、何だ何だ、こんな化け物どもの巣穴に潜っといて小心者たぁ面白いじゃねえか！　お嬢ちゃん！」

「ひぇ」

こちらへ呼び掛ける声の勢いに、思わず体が硬直しかける。

大丈夫。大丈夫。

怖くない。私は怖がらない。今は平気！

言葉の内容自体は、多分に親しみを込めたものであるように思う。

きちんとした返答をしよう。高度な知性を持った存在であるなら、ええ、あの時のことを思い出そう。こちらの精神に直接働きかけて死の質問を伝えてきたスフィンクス。私の人生の中でも数少ない、勇気を振り絞った瞬間のことを。

私は言える。

この場面で、この局面で、相手に莫迦《ばか》にされないだけの知性ある反応を！

「し……喋ってる……」駄目だ。全然駄目。

「おうよ！　喋るに決まってるだろうがグレイ《こいつ》が全然喋らねぇんだからよ」

「アッド、待って。まずは拙が説明を」

「俺は——簡単に言えば礼装だ。それもとびきり特別な礼装だ。要はグレイの保護者ってとこだな。な！　自分で言うのも何だがここまで喋る匣なんざ流石にそうはいねえ」

「保護者……」やや不満げな声がフード越しに聞こえてくる。

「しかしまあ、此処はあれだな。人喰《ひとく》いの妖精《ようせい》もどきなりまさかのサンドイッチなり、意外と食い物には困らねえのかもな。転がり落ちるまではまあ、ろくに怪物にも遭遇できなかったもんだから、腹減って腹減って仕方なかったが」

食い物？

確かに耳にした。

間違いなく、妖精もどきというのはあの縦割れをする生き物だろう。

私を襲った怪物だ。あれを指して、食い物、とは。

「あ？　何だその顔？　ああ、俺は——」

「アッドは魔力を捕食するんです。そういう、機能があって」

「そうなんだ」

凄《すご》い。凄いと思う。

きっと接触や破壊による魔力の吸収を指しているのだと思う。

人体に備わった限りある小源《オド》の魔力で魔術を行使する魔術師にとって、魔力の即時補給は永遠の課題であるという。多くの場合は魔術礼装を介して増幅したり、補充したり、といった手段を取る。愛歌が第一層の最初の部屋で作ってみせた結晶なども、主にそういう用途で作り出されて消費される。

宝石へと大量の魔力を込める類の魔術も耳にしたことがある。

でも、捕食するようにして、対象から魔力を吸収してしまうだなんて。

まるである種の幻想種であるかのよう。

それに、そう、サーヴァントとも似ている。

亜種聖杯の影響下で現界した英霊たちは〝魂食い〟による魔力補充を可能とする。今回の亜種聖杯戦争に限って言えば、礼装なりの魔術的存在から魔力を補う、等という離れ業まで可能となっているのだけれど――

礼装単体でそれを為《な》すものがある。目の前に。

英霊の有する装備、であるならそう珍しい性能ではないのかも知れない？

「いつまでぼーっとしてんだ、おーい。嬢ちゃんよ」

「あっ、う、うん。はい。ごめんなさいアッド。……グレイ、それじゃあ食べようか」

「いただきます」両手を合わせる。愛歌がやっていた極東式。

「いただきます」グレイも同じく。私を真似てくれたのかな。

青く煌《きら》めく結晶洞窟の中で。

ふたり、私とグレイはサンドイッチを齧《かじ》る。

ああ――

やっぱり。美味《おい》しい。

味は、悪くないどころかすこぶる良い。

作りながら味見をする愛歌に同期させて感じたあの食感は、実際に味わってみると、ほんの数割程度のものに過ぎなかったのだと理解する。トマト以上に瑞々《みずみず》しい果実、レタス以上に爽《さわ》やかにシャキッとした歯触りの葉、あれだけ凶暴だった水の鳥の肉は舌の上で蕩《とろ》けるように柔らかい。

それに、樹精の根のスライス。

東洋の餅《もち》によく似た食感で、噛《か》む毎に味が変化する。

危険な魔術的反応が起きてしまっているのかなという気持ちが湧くのを、無視。

愛歌の手料理はとても、ああ、溜息《ためいき》が出る程に美味しいものだった。

「美味しい――」

「はい」

グレイが、一口食べて感想を漏らしている。

ほっとした安堵《あんど》の一息を思わせるような穏やかな声だった。

両手で持ったサンドイッチを、まじまじと、興味深げに見つめるようにして。少ししてから何度か視線をこちらへ投げ掛けてくるような気配もあった。フードのせいではっきりとは見えないその瞳が、何かを言いたげに。

「美味しいよね。うん、ありがとう」

我がことのように嬉《うれ》しくなってしまう。

何と言おう。

このサンドイッチを作ったのは、もう、この世界にいないあなたなのだと——

どういう風に表現すればいいだろう。

ああ、いいえ。駄目。駄目だ。言えない。

愛歌の存在を私はグレイに隠している。

隠してしまっている以上、誤魔化すしかない。本来であれば食物の摂取を必要としない筈の英霊と共に在りながら、セイバーは特別な素性であったが故、食材確保と料理の必然を迫られながらそれを難なくこなした愛歌のことは。

ん。待って。何かが引っ掛かる。

英霊。サーヴァント？

エーテルで構成された仮初めの肉体しか持たない存在。

通常の生命活動を行っている訳ではないから、彼らは魔力で稼働する。

「そういえば、グレイ。あなた……」

「はい」

「サーヴァントなのにお腹が空《す》くのね。ふふ、まるでセイバーみたい」

「セイバー?」

——そう。麗しの騎士王とは違って、グレイは小食の様子ではあるけれど。

言い掛けて。

私は、あらゆる動作を一斉に停止させていた。

食事という行為。会話。瞬き。呼吸さえも数秒間、止めていた。

灰色の少女もぴたりと動作が止まっている。

そう、聞き逃す筈がないのだ。ああ、私はとうとうやってしまったのだった。言葉を重ねればいつかこうなるかも知れないと、分かっていただろうに。これを不注意の極みと言わずして何と言えばいいのか。

自分は亜種聖杯戦争の関係者である、と。

剣の英霊《セイバー》とは既に面識を有している、と。
隠そうとしていた事柄を、簡単に、こうもあっさり漏らしてしまって。
どうしよう。
どうやって誤魔化そう、それとも。

──いいえ、存分に言えばいいの。

誰かが耳元で囁くような錯覚。
その時、私はひとりでに頷いていたように思う。
ああ、自分から口にしてしまったのだから、すべて話してしまうのが筋ではあって。
筋。道理。
そんなもの、きっと今の私の何処にも在りはしないだろうけど。
私は、ノーマ・グッドフェローは自分自身を内心で叱咤《しった》しながら唇を開く。
「……ごめんなさい。
私、あなたたちに話してなかったことがあるの」
私は叱咤する。
秘密を無様に露呈した自分の愚かさに。違う。

会話を続けてしまった自分の無警戒に。違う。

違う。そうじゃない。

差し出した食べ物を疑いもせずに味わって、美味しいとまで言ってくれた灰色の少女を疑って、怖がって、会話する礼装《アッド》の存在さえつまびらかにしてくれた彼女を最後の最後まで信用していなかった自身をこそ、私は、叱咤する。

英霊たちに及ぶべくもなくても。

輝くものなどひとつもなくても。

怪物と相対したり人々を救ったりする程の偉業には、到底、及ばなくても。

善意をくれた相手には。

せめて、私も、同じくらいのものを返したい。


その結果として殺されてしまうなら……

怖いけど。嫌だけど。

きっと、みっともなく震えてしまうと思うけれど。

仕方ないかな。

そもそも、既に一度——グレイとアッドに助けて貰《もら》った命なんだから。

英霊四騎の目前で──

沙条《さじょう》愛歌が突如として姿を消した。

仕掛け罠《わな》に掛かる形で姿を消した。

こうして併記すれば罠による効果を連想しかねないが、前者は後者の原因ではあるかもしれないが、後者は前者に必ずしも関係しない。一時的共闘の関係にあるサーヴァント四騎はいずれもそういった認識を有していた。

まず、愛歌が消えたのだ。

翠《みどり》色のドレスを纏《まと》う可憐の少女は消失した。

もしくは変質したのか。

罠に掛かって更なる地下へと落ちて行ったのは別人ではあった。

セイバーのマスターとして明確に令呪《れいじゅ》を有していた人間、魔術師としての愛歌は、やはり罠の発動以前に消えていた。何らかの敵対者──幻想種や合成獣からの魔術的干渉、或いは他の罠の発動による消失を彼らは想定したが、未だ正答は導けていない。

少女消失から既に一時間以上。

今後の方針を、四騎は決定せざるを得なかった。

すなわち〝沙条愛歌の捜索〟である。

最大の継戦能力を有するセイバーを十全に稼働させるならばマスターの存在が不可欠であり、自ずと目的は定まるというもの。更に言えば、罠の発動直後、セイバーの脳裏へと届いた〝結晶化した洞窟〟の映像《ビジョン》情報という手掛かりが決定的な後押しとなった。愛歌からの救援信号の可能性を口にしたのは、どの英霊だったか。

契約状態にあるマスターと英霊との間で交わされる音声なき言葉、その亜種。

ならば言葉そのものは通じないのか、という問い掛けにセイバーは首を横に振った。

呼び掛けても返答はない、と。

「結局のとこ、やることは変わらねーんだよな。旦那《だんな》」

「場所が場所だ。仕方あるまい」

暗がりの通路を先頭に立って進むアーチャーとアサシンの言葉通り。

行動自体に変化はない。引き続いての《迷宮》探索である。

第四層こそが最終層であるという事前知識を英霊たちは亜種聖杯より得ていたが、明らかに愛歌は、否、直前まで彼女であった筈の人物は〝下〟に落ちていた。第四層から更なる下層が存在するのか、それともあれは落下の衝撃なり用意された刃《やいば》や魔術によって止《とど》めを刺すための致死の罠に過ぎないのか？

不明である。

マスターを有した現界である筈のセイバーが消滅していない事実だけが、愛歌であり愛歌でなき人物の生存を保証していた。令呪によって有される筈の繋《つな》がりは、殆ど存在しない程度にまで弱まってしまっていると騎士王は述べているものの。

消失直後の映像情報。

それだけが、唯一残された手掛かりだった。

「やはり、魔術やセイバーの宝具で層ごと砕いてしまうのが早いのじゃなくて？」

「危険に過ぎる。マスターごと砕いてしまっては意味がない」

「それもそうね。もっとも、あの少女がアナタのマスターのままであればの話だけど」

「……分かっています」

セイバーとキャスターの間に、余人の目には見えない剣呑《けんのん》の火花が散る。

もう幾度目になるのか。

この小一時間だけでも三度は目にしたやり取りと空気感ではあった。

やれやれ、とアーチャーがこれ見よがしに肩を竦《すく》めて息を吐く。

宝具解放ないし大魔術の行使による四層破壊で下層を目指すという力業はこれまでにも何度か提案されたものの、こうして、セイバーの反論によって却下されている。アサシンも言外に反対の気配を醸し出してはいたか。

やはり、探索による救出を目指す以外に手はないのだった。

少なくとも四騎は他の方針を選ばなかった。

「あの嬢ちゃんが落下した場所からはどんどん離れちまってるよなあ」

「しかし、まずは是なる層をくまなく探る他あるまい」

「へいへい。アサシンの旦那は義理堅いこって」

「無垢《むく》の少女を怪物どもの餌食《えじき》にさせるがままにする訳にもいくまいよ」

「そうかぁ？」アーチャーは肩を竦めて「あの一瞬で見ただけで無垢と分かるもんかね」

白色の仮面は返答せずに前方を見やる。

一切の油断なく。

一切の慢心なく。

そうするだけの必然があるのだ。

現在の一団には要《かなめ》がない。

愛歌が欠けていることで、連係効率が決定的に低下していることを四騎それぞれが自覚しているだろう。戦闘に際しての性能に限って言えば、愛歌の行使する魔術のすべてはキャスター一騎のみで事足りる。ただ、それぞれの個性を持ち異なる属性を有している四騎を繋ぐ緩衝材が不足している。

時に笑顔で各騎を評価して、時に無邪気な揶揄《やゆ》や冗談で空気を和ませる。

たったそれだけのことが、如何に効果的であったのか。

超常の最たる英霊たちは辛うじて一箇の探索集団として機能していたに過ぎない。

亜種聖杯に対する立ち位置《スタンス》さえ、本来的には異なっているのだから。

特に、先んじての会話通り、セイバーとキャスターはどうにも相性が宜《よろ》しくない。

本格的な衝突が始まってしまうのも、そう、遠い先のことではないだろう。

静寂に満ちる《迷宮》の通路を歩み、仕掛けられた罠を解除・回避しながら部屋の数々を探索・捜索し、際限なく襲い掛かってくる敵性存在を打ち倒し、魔力補充用の礼装を時折発見しながら──四騎は進み続ける。

度重なる戦闘の消耗に対して、回復用礼装の確保は決定的に不足していた。

特にセイバーの魔力消費を補う手段がなきに等しい。

マスターを有しているが故の優位性が、現在は、失われているからだ。

「やはり、残念だけれどマナカは既に死んでいるようね、セイバー」

「確証はない」

「ふふ、強がりはよしなさい。アナタの宝具はなかなかに大したものだけれど、真名解放するだけの魔力はもう残っていないでしょう。どこまで現界し続けられるかしら？」

「黙れ。キャスター」

通路に、刃そのもの以上に鋭く尖《とが》った言葉が反響する。

騎士王の返答は、亜種聖杯戦争の本格的な再開を意味しているようにも聞こえて。

「さて、そろそろ限界かね」

アサシンにだけ聞こえる声で、弓兵が呟いた直後だった。

一行は、是まで目にした光景とは異なる空間に行き当たっていた。

印象で言えば人造ならざる自然の洞窟。ただし、地面、壁面、天井、あらゆるすべてが魔力を秘めた結晶と化している。魔術による照明を必要としない程には、洞窟全体が淡く発光して視界を容易に確保できる状態だった。

まさしく〝結晶化した洞窟〟ではあるか。

「お嬢ちゃんからの伝言通り……ってか？」

「さて。どうかな」

「おいおい旦那、今度はいきなり疑《うたぐ》り深くなっちまって」

「傾斜した通路を多数通過したが故、第四層にこういった下部が存在することは容易《たやす》く想像できた。であれば、疑う筈はなかろうが」

「なら何だよ」

「我々が無事に辿《たど》り着けたとは言い切れぬ、という意味の言葉だ。アーチャー」

ああ、そうだな、と呟きつつ緑衣の英霊は前方を見据える。

視線の先。首領格《ボス》が待ち受けていた第三層までの大広間とは規模のまるで異なる、此処が《迷宮》である現実を忘却させそうなまでに拓《ひら》けた空間に、上方に空さえ存在していれば外界にいるのだと錯覚を及ぼす程の広大に、何かが、いる。

巨大な質量が空間を埋め尽くしていた。

それは、明確なまでの〝敵〟であるに違いないだろう。

城塞《じょうさい》をも超える堅牢《けんろう》。

猛炎をも超える灼熱《しゃくねつ》。

狂獣をも超える凶猛。

幻想種の如き神秘の威を全身に湛《たた》えながら、合成獣の如き複数種の生物特徴を備え、機械人形と等しくあらゆる精神操作を弾《はじ》く無感情な純然たる戦闘用の魔術的存在。

先刻以上に分厚い硬質な装甲外皮に覆われた四肢、長く伸びた一対の首。

——実に、是なる《迷宮》に於いて二体目となる人造竜種。

名称は模造された竜種《ドラゴンゴーレム》。

或《あ》るいは竜なる力の模倣《ドラゴンダイン》。

第三層の首領格として出現した個体とは相似の部分もあるが、大いに異なる。

まず体軀《たいく》。サイズは一回りも大きい。全長は二〇メートルにも及ぶ。

次に魔力。胸部で明滅する真紅の魔力光は一体目とは比べものにならない規模の魔力量を窺《うかが》わせ、体軀の奥深くで極めて大型の魔力炉心が稼働している事実を示している。

更には頭部。

完全同一形状の竜頭が二箇——

古くは異形の蛇として、中世欧州にあっては双頭の竜《アンフィスバエナ》として語られた姿にも似て。

その鋭き牙《きば》の一本一本に込められた魔力の質は真なる竜種にも近い。

恐らくは、頭蓋《ずがい》を含めた骨格の多くが正真正銘の竜種の死骸《しがい》で構成されている！

「……最後の障害、と言ったところか」

既に、セイバーが先頭に立っていた。

キャスターも唇から挑発を放つのを止めて何らかの魔術詠唱めいた神言を紡ぐ。

防護強化に類する魔術が四騎へ同時に発動する。パラメーターとしての耐久力を上昇させるのと同時に、一定までの戦闘ダメージを吸収する防護膜として働く神代の魔術、言わば無形の魔力に依る見えざる鎧《よろい》か。

「こいつは有り難い」弓兵が口元を歪《ゆが》める。

「皮肉はやめて。魔力炉心を二基も三基も積んでいる癖に自壊せずに動いているような相手よ、あれは。ああいう美しくもないモノを相手にするのは、私、好きではないの」

「じゃあ何だ、今の魔術は気休めってか？」

「どうとでも思うといいわ」

「感謝する。元より防護には些《いささ》か劣る我が身には、万軍の助けにも等しい」

皮肉の一切を切り捨てながら、アサシンが空間へとその姿を溶かし込んでいく。

視覚、熱、音、魔力、あらゆる感覚器官および感知装置の類から一切の痕跡《こんせき》を隠形《おんぎょう》せしめる気配遮断スキルの発動である。如何なる最先端機械装置であろうと、優れた感知魔術であろうと、この状態となった彼の行方を知ることは叶わないだろう。

攻撃準備状態に入った瞬間に能力は解除されるが、白兵戦闘に特化したサーヴァントでもなければ超至近から放たれる不意打ちの刃を回避できまい。

「頼むぜ、旦那」

アーチャーも声だけを場に残す。

伝承防御。宝具の効果に依るものだ。

気配遮断とは原理も性質も異なる透明化によって姿を消し、認識外からの遠距離攻撃によって対象を破壊する。別の宝具と併用すればおよそ生物型の敵に対して無類の強さを誇るが、しかし、呼吸のみで結晶洞窟を震わせる双頭の人造竜は生命体ではない。

この局面で彼が行えるのはせいぜいが牽制《けんせい》か。

だが、あまりに重要な役割ではある。

如何にセイバーの奥の手たる聖剣が強力無比であっても、発動の時間稼ぎは必要だ。

前回の一体はすべてが完璧《かんぺき》に嵌《は》まった。四騎の最適解。

ならばこの双頭竜に対してはどうか？

魔術投射と遠隔攻撃の連係による牽制は、見事、模造竜種の隙を生み出せるか。

結果は、否。である。


「AAAAAAAAAAAAAAAAAAAAA――――!!!」


双頭からの断続的魔力投射！

言うなれば熱線もしくは閃光の息吹《レーザーブレス》か。

三基の大型魔力炉心の並列起動によって可能となる大出力の魔力は、魔力光の形に変換されて周囲の空間を薙《な》ぎ払う。その射出角度、実に、三六〇度。双頭の優位を最大限に発揮しながら自在に放たれる閃光《せんこう》の帯は、明確に対象を定めていないがゆえの猛威の暴風として英霊四騎へとそれぞれ等しく降り注ぐ。

直径数メートルに及ぶ野太い閃光の剣を縦横無尽に振り回すが如く。

最早、災害にも等しい攻撃を躱《かわ》し得るか否かは、悪運の多寡に依る。

「……ッ！」

閃光に灼《や》かれて、消えた筈のアサシンが姿を顕《あらわ》していた。

結晶化した地面へと派手に落下する。

とどめとばかりに振り下ろされる巨大な金属脚は、爆発的な推進力で以《もっ》て接近したセイバーによって阻まれる。両手に携えた聖剣を頭上に構えて、超質量による踏み付け攻撃を刀身で滑らせて受け流す。

僅かに姿勢を崩した模造竜を前に、アサシンを片腕に抱えて騎士王は後退。

既に、後方ではキャスターが魔力投射に特化した防御結界を展開させてはいるか。

「オレひとりで相手すんのかよ！」

声のみを響かせながら、アーチャーは不可視状態のまま弓矢を放つ。

模造竜頭部の感覚器《センサー》を狙うも、魔力炉心から熱の形態を取って漏れ出る強烈な魔力の残《ざん》滓《し》は、高速で飛来する矢を空中で呆気《あっけ》なく溶解させてしまう。

「そう来たかよ」

舌打ち。

直後、音の発生した空間を閃光が薙いでいく。

「こいつ、結構厄介だぜ。この分だと何騎か落ちるんじゃねーか⁉」

「でしょうね」

次々と投射される双頭竜の吐息を結界で阻みながら——

破壊される毎に新たな結界を順次作成することで対応し続けるキャスターが、頷く。

何らかの結末を想起させる、不穏の微笑みを湛えて。

「頼みの綱のセイバーの宝具。本当に、もう、撃てたものではないでしょうし？」

その予測。予想。予言。

完全なる真実であるなら、是なる四騎に勝利の目はないか。

或いは。


英雄のようには振る舞えなくても。

そう、観念した時くらいは勇気を絞り出そう。

たとえばこの瞬間。


私は――

ノーマ・グッドフェローはグレイに語り続けていた。

亜種聖杯戦争について。

この《迷宮》について。

愛歌として活動する肉体の視覚と聴覚を介して得られた、知る限りのことを。

殺されたりは、していない。うん。グレイは私を殺さなかった——どころか、怒るような素振りもなかった。互いの素性が分かっていない状態では仕方ない、拙も同じ立場ならそうしたかも知れない、とさえ言ってくれて。アッドは驚きながら「最初から言えよそういうことは！」と怒鳴って、私は何度も謝って。

「拙は、サーヴァントとの戦闘を望みません」

端的な返答は、私を気遣っているようにも思えた。

四騎と戦うつもりはない。

だから、情報を明かされても彼らの殲滅《せんめつ》などに用いるつもりは自分にはない。

グレイは言外にそう告げているのだと、私にもよく分かる。

頷いて、深呼吸ひとつを経て、私は言葉を続ける。

私が私として見てきたものを、そのままに。

セイバーの召喚。沙条愛歌によるある種の憑依《ひょうい》状態。遭遇する多くの怪物たち、ゴーレム、ケルピー、食人昆虫の群れ《インセクト・スクール》、戦闘用自動人形、合成獣の数々。竜種を模したもの。

「そんなすげえのとやり合ってたのかよ。すげーな、おい」

「拙もアッドも、魔力の増減で感じ取ってはいましたが……そこまでとは」

「あー勿体《もったい》ねえ！　そんな御馳走《ごちそう》が山ほど唸《うな》ってたなら、周回遅れなんざやめて堂々と追い付いて、いやもう四騎とも追い越しておきゃよかったなぁ、おい！」

「……罠で、死ぬと思います」

「そうだけどよぉ！」

超常そのものたる英霊であるにしては純朴に過ぎる反応ではあったけれど。

座に刻まれる人類史の英雄たちといえど、現代に近付けば近付く程に神秘と幻想の時代からは遠く離れていくものだから、魔獣の一体とも生前に出会っていないような個体がいても不思議ではない。そう、グレイがそのひとりだとしても。

もしも、愛歌の消失と共に私が令呪を失っていなければ、マスターとしての基本能力で、彼女やアッドの性能《ステータス》をもっと明確に把握できたのだろうか。

分からない。

今は、有り得ない仮定はやめておこう。

「うん。ひとりだと危険だと思う」

私は頷いて、

「英霊四騎が一時的な一団《パーティ》になっていたから、これだけ多くの危険に対処できていたんじゃないかな……愛歌も、セイバーは誰よりも優れたひとだって言ってはいたけど、単騎では最終層まで行き難いと考えた訳だから」

「剣の、英霊ですね」

「ええ」

もう一度頷いて、少しだけ沈黙して。

見てきたすべてを私は口にする。

剣の英霊。

最優のサーヴァントとして現界するに相応《ふさわ》しい、伝説に名高き最高の英雄。

国籍としては英国人である私にとって、ブリテン島という環境で生まれ育った私にとっては馴染《なじ》み深い英雄ではあって。だからこそ畏《おそ》れ多くもあった。

多くの外敵を打ち倒し、時には大陸でローマ帝国さえをも退けたという騎士の王。

魔術世界に於いては〝星の聖剣〟を操る存在として知られる。

最後の敵にして大逆者たるモードレッド卿《きょう》を討ち果たした〝聖槍〟の使い手とも。

墓石に刻まれた文言は〝ブリテンのかつての王、そして未来の王。〟

その真名こそ——


「……アーサー・ペンドラゴン……？」


すとん、と。

感情が落ちていた。

少女《グレイ》の発した声には一切の色がなかった。

きっと表情も抜け落ちてしまっているだろう、と確信できるくらいの響きだった。

この時、初めて私は認識する。

フードに覆われているが故にはっきりとは見えないグレイの瞳が、灰色を基調としたその瞳が、どこか、騎士王のそれと似た色合いを帯びて――

美しく。

麗しく。

同じような輝きの欠片を宿していることを。

ACT-6

Fate/Labyrinth

灰色の少女は――
数十秒、騎士王《セイバー》の真名を口にしたまま呆然《ぼうぜん》となっていたけれど。
私が何度か「グレイ」と呼び掛けると、これまで通りの気配を取り戻していた。
長い、長い、数十秒だった。

それから、幾つかの言葉を再び交わして。
私たちは歩き出す。ふたりで、結晶化した洞窟《どうくつ》の中を。
慎重に、アッドも数えれば三人で前へ前へと進んでいく。
そして。暫《しばら》くの後に辿《たど》り着く。

見覚えのある形式の鉄扉を経て――
確実に人造であることが分かる石造りの広間へ。
明るい、豪奢《ごうしゃ》な部屋だった。
印象は赤。真紅。床の絨毯《じゅうたん》や壁の垂れ幕《ドレープ》の色合いがそう思わせる。
謁見の間。何故だかそう感じる。王族、貴族、普通の人々とは何もかもが違う高貴のひとが姿を見せるために誂《あつら》えた大きな部屋。天井も高い。奥に設置されたお伽噺《とぎばなし》じみた黄金色の玉座が、敷き詰められた厚い絨毯が、大仰な獅子《しし》と竜の紋章が描かれた幕が、そういう印象や雰囲気を湛《たた》えているような。

そして、其処《そこ》には。

目の当たりにしたことなんて一度もない筈《はず》なのに。

私は専門家でもないのに。

ああ、この物体こそが間違いなくそれなのだろうと思わせるものが。


——聖杯が、在った。


空間に対して存在する黄金の杯。

浮遊ではなく、存在。

何らかの仕掛け、機械装置の類《たぐい》で浮かんでいるのとは絶対に違う。

高密度の魔力の凝集、無形の渦、炎を発さずにゆらめく火、そういう形容が次々と頭の中で連想されるけれど、きっと、私の知識や知性では捉《とら》えきれない。ただ、こうして私の視線の先に在るものこそが聖杯、亜種聖杯なのだという確信が強く湧き上がっていて。

部屋の明るさの正体を私は知る。

あれだ。聖杯から発せられる無色の魔力光が周囲を照らしている。

「嘘……」

信じられない。

だって、私とグレイは「出口を探す」ということで双方同意して。

お互いに気付いた限りの所有情報は共有して、それで、グレイは私の身を案じてくれたのか、無事の脱出を最優先とすべきだと言ってくれて。アッドが冗談交じりに囃《はや》し立てて、私たちは少し笑って、それから頷《うなず》き合って。前へと歩き出して。

なのに、こんな。

亜種聖杯。

英霊《サーヴァント》たちが最終目的とする筈のものの前にいるだなんて。

まさか、まさか最果てに辿り着いてしまった？

罠《わな》に掛かって転落するのが正解の道筋だった？

いいえ、冷静に考えよう。

違う。この広間に通じている扉はひとつではない。私たちが開いた扉以外にも、もうひとつ大きな扉が見て取れる。むしろ、あの扉こそが正しいのではないだろうか。罠などに掛からずに進んで行けば、私が落ちてしまった罠を無事に乗り越えていれば、大扉を開いて堂々とこの部屋へと至れるのでは。

と。私が、半ば以上の忘我状態で亜種聖杯を見つめている最中《さなか》。

グレイが動いていた。

音もなく、匣《はこ》から〝大鎌〟の形態へとアッドを変化させながら。

どうしたの、と尋ねるまでもない。

明確なまでに戦闘姿勢へと入るグレイの視線の先——

玉座の陰から姿を見せる人物があった。

「これは、これは。何とも愛らしい客人たちだ」

見知らぬ長身の男性だった。

服は黒く、肌は白い。

そう、黒衣を纏《まと》ったその肌は異様なくらいに白色に過ぎるようだった。

漆黒の魔人。蒼白《そうはく》の永続者。真紅の収獲者。

あまりに不気味な表現が自動的に私の意識に降りてくるのは、ああ、どうしようもなく自動的かつ受動的に機能してしまう両眼の機能のせい。妖精眼《グラムサイト》。才能と呼んでしまうにはあまりに自由にならない私の眼は、長身の彼が、寒気がする程のにこやかさで話し掛けてくる人物が、決して友好的な存在ではないのだと告げてくる。

だって、あれは。

姿だけは人の形をしているけれど。

「人間じゃ……ない……？」

「ほう、魔術で視野を強化したか。もしくは魔眼に類するものか」

否定されない。

ああ、やっぱり。そうなのだ。

この眼は、黒衣の魔人の正体をこそ見抜けはしないまでも、そうであると認識さえできれば多少の分類は私にも可能だった。人間ではない。この《迷宮》のあちこちで遭遇してきた合成獣《キメラ》や魔像《ゴーレム》や自動人形の類とも違う。そもそも、人型の自動人形を作り出す技術は失われているのだと、何かで読んだこともあるし。

そして、ええ。英霊とも違う。

だから。あれは。

「知性持つ者同士、まずは自己紹介から始めよう」

魔人が大仰に一礼する。

「私はヴォルフガング・ファウストゥス。人間《おまえたち》によって古き幻想と定められた者だ。神秘の具現にして正しき系統樹ならざる存在のひとつだ。そう、地中海あたりでは我が種を指してラミュロス等と呼び慣《なら》わすそうだが——聞き覚えはあるかな？」

すうっと魔人が胸元へ手を翳《かざ》す。

優美。高貴。

男性のかたちをした別の何かは、実に、貴族的だった。

哀れな程に地べたを這《は》うものたちを遙《はる》かな高みから見下ろす、絶対の貴種の誇り。

そういうものを感じてしまう。

状況が状況でなければ、私は、絨毯の上で平伏していたかも知れない。

でも。無理。できるはずがない、そんなことをしたら……。

呆気《あっけ》なく殺されてしまう。絶対に。

命を、血を、喉《のど》が渇いた時のジュースのように飲み干されて。

「吸血鬼《ラミュロス》」

自分の唇からこぼれた単語を後から嚙《か》み締める。

死にながら生きているもの、生きながら死んでいるもの、汝《なんじ》の名はラミュロス。

古代ギリシャの伝説に語られる怪物。貪《むさぼ》るもの。夜歩くもの。

たとえば東欧に於《お》ける吸血の怪物ストリゴイなら、罪深き人間が死した後に変化するとも、怪物に殺された人間のなれの果てとも、幾重にも呪われた死体であるとも、その由来には多くの説があるけれど。

ラミュロスは違う。彼らは総じて最初から死と共に寄り添いながら命を喰《く》らう。

何か、神代の怪物であるラミアとも関係があったかも知れない。

人間のように見えたとしても完全な別物だ。

ヒトのかたちをした死の怪物。

私は、眼が告げてくる認識と共に彼をこんな風に表現するしかない。

人型の幻想種。

或《ある》いは、そう――吸血種！

「死徒……？」

グレイの呟《つぶや》く声に私は頭を振る。違う。違うよ。

魔術の世界にあって希《まれ》に発生するという〝魔術師が変成した生物〟とは全然違う。

「ああ、違う。それではないんだ」

右、左。右、左。

チッチッと舌打ちの鳴る音と一緒に、魔人の指先が振り子のように動く。

あの指の先端に見える爪のひとつさえもが魔力の塊だ。伝説にあるように鋭い鉤爪《かぎづめ》を伸ばしたりしなくとも、ただ、触れるだけで私はどうにかなってしまうと思う。身動きが取れなくなるとか、魔術回路が変調するとか、精神に破綻《はたん》を来すとか。それで済むならまだまし、かな。触れた先から全身の血液が抜き取られても、不思議じゃない。

吸血の魔人。

人間の命を糧として永らえる長生者。

「お嬢さん。そうしてフードを被《かぶ》ったままで私と対話する無礼までは許すが、そんなものと一緒にしてはいけないな。減点対象だ」

妙なくらいに優しげに。

畜殺しようという動物へ見せる慈悲にも似た表情を浮かべて。

失敗した子供に言い聞かせるように、彼は静かに言葉を紡ぐ。

「人理が命として脈動し、時に英霊なりし幻想と神秘を儀式によってサーヴァント等という形態で召喚し得る世界にあって、人が変じた死の怪物などにさしたる力はない。人を襲い、命と血を喰らって長らえる吸血種《もの》がこの人理脈動する世界に有り得るとすれば、それは幻想に属するものだ。神秘として顕《あらわ》れたるものだ」

「それが……あなたである、と？」戦闘態勢のままでグレイが尋ねる。

「正解《イエス》」

上位の幻想種。

生まれながらの幻想にして神秘であり絶対の超常で在るものたち。

宵闇の王。正真正銘の怪物。

魔獣、幻獣、神獣、幻想種として何処に分類されるべきなのかは分からない。

竜種のように例外的《イレギュラー》な存在であるのかも。ああ、こんなことなら祖父の蔵書をもっとちゃんと読んでおくべきだった。私は貴重な書の殆《ほとん》どを読み切れてはいなくて、だから吸血種のことも上辺までしか知り得ていない。

「私は古きものであり、アルカトラスなき現在の《迷宮》の支配者でもある。更に言えば是《これ》なる亜種聖杯の所有者でもあり、亜種聖杯戦争の実験責任者でもあるか」

「実験」

「気付かなかったかね？　そうともこれは実験だよ、灰色のお嬢さん。私は人間たちの知識と技術にはある程度までは敬意と関心を抱いていてね。魔術師なる人間の亜種たちのそれへ、一時、戯れに手を出した経験もある」

やめて、お願い。

どうして、この魔人は次々と自分の正体や情報を口にするの？

悪寒。恐怖。そういう類の嫌なものが私の肉体の裡側《うち》いっぱいに充満していく。

伝説の吸血種と偶然に遭遇してしまっただけでも私には耐え難い事態であって、怖くて、怖くて、もう脚はとっくに震えていて、寒気のあまり頭痛も始まっている。嘔吐《おうと》も気絶もせず済んでいるのは、すぐ隣にいる灰色の少女が大鎌《アッド》をすらりと構え続けてくれているからに過ぎない。

神さま。ああ、神さま。

どうか、あの魔人がこれ以上は何も言いませんように。

お帰りはあちらと複数の扉のひとつを指さして戻ってくれますように。

無駄に過ぎる祈りで私は思考を費やしてしまう。

そう。意味はない。こんなことを考えたって。

「時間だけは無限にあるに等しい身だ。結果として私は多くの奥義を修め、今や、亜種聖杯なる存在と共に《アルカトラスの第七迷宮》までを掌中に収めたという訳だ」

「魔術師コーバック・アルカトラスは、あなたの……」

「ああ、師ではない。まったくの無関係でもないがね。ともあれ、私は必要素材を確保した後にこうして実験を開始した。亜種聖杯によって現界した守護者もどき──サーヴァントとして現界した英霊どもの霊核を抽出するための実験を」

当然、私の莫迦《ばか》げた祈りは叶《かな》わない。

そもそも私は願いを告げる相手を決定的に間違えてもいて。

魔人は語る。

この《迷宮》で行われている亜種聖杯戦争は自らの魔術実験であるのだと。

建造時から存在していた幻想種や合成獣、宝箱内の礼装といった数々の存在に対して、新たな仕掛けを施して再設置したのも、すべて、自分の手に依《よ》るものなのだと。

「え……」

それって──

私は、知らず、疑問の声を口にしていた。

何のためにそんなことをしたの、と言葉を続けようとしたけど舌が回らない。緊張のあまり過呼吸ぎみになっていた喉もすっかり渇いていて、言葉が出ない。代わりに私は思考を加速させながら回転させる。ぐるり。発想の転換。

英霊が魔力を容易に補充し続けられるように改造された《迷宮》。違う。死の空間とも呼ぶべき脅威の閉鎖空間を舞台とした亜種聖杯戦争。違う。召喚された英霊たちが殺し合いながら最終層を目指すデスゲーム。違う。違う。違う。違う！

すべて違う！

此処《ここ》は——

——吸血種が、英霊を捕食するために造り替えた巨大な消化器官《いぶくろ》！

「……正直に言うと」グレイは大鎌を構え直しながら「言葉のすべてを拙《せつ》は理解できていません。ですが……あなたが多くを語ることの、意味は、分かる」

静かに呟いて。

返答として、魔人が鷹揚《おうよう》な仕草で頷く。

氷点下より尚《なお》も冷ややかに。

無感動に、無感情に。

儚《はかな》くも命を終えていく無辜《むこ》の生き物を見守る死神のようにして。

「無論、殺す。それが何かね？」


——亜種聖杯戦争の舞台として稼働していると思《おぼ》しき《アルカトラスの第七迷宮》。

——是なる魔窟は、多くの疑問を有した存在ではあるが。

極東は冬木《ふゆき》市の大聖杯を原型《オリジナル》として派生した亜種聖杯は、通常、召喚された英霊たちの魂に込められた絶大な魔力を溜《た》めることで願望機として作用する。

聖杯戦争が殺し合いを強制するのはこのためだ。

英霊たちは、究極的には願望達成の魔力源に過ぎない。

この機構そのものは原型と大差ない。

異なっているのは英霊の数、本来は七騎。亜種聖杯は最大で五騎。

この多寡こそが、冬木聖杯こそが万能の願望機である理由だという。

五騎以下の英霊の魂しか溜められない亜種聖杯では、およそ万能には程遠い。

それでも亜種聖杯戦争を魔術儀式として実施する魔術師は絶えない。

万能ならざるとも巨大な益にはなろうという判断が、彼らにそうさせるのだろう。

だが——
何故、今回は《迷宮》であるのか？

先述したように、召喚された英霊たちに《迷宮》を踏破させることが目的なのか。

だが、やはり疑問は残される。

最終層たる第四層最奥に亜種聖杯を設置した第二の迷宮造成者《ダンジョン・マスター》は、既に《迷宮》の攻略を完了していると考えるべきだ。


何処かで発想の転換が必要だろう。

喩《たと》えば。

そう、この《迷宮》に於ける亜種聖杯戦争は今回が初めてではないとしたら。

閉鎖された《迷宮》に英霊を召喚すること自体が目的であるとしたら？

「恐らく、愛歌《まなか》に何かがあったのでしょう」

光の粒子に包まれながら。

静かに、そして何処となく寂しげに。

勝利の栄光と願いを力として振るう騎士王《セイバー》は最後の言葉を述べていた。


敗北ではない。

確かな勝利を、セイバーの聖剣はもたらしていた。

吼《ほ》え狂い、猛《たけ》り狂い、全方位に対して断続的な閃光《せんこう》投射を続ける模造された竜種《ドラゴンゴーレム》を、双頭なりし竜なる力《ドラゴンダイン》の模倣を――現代に有り得ざる古き幻想を虚《うつ》ろに再現せしめた虚像たる巨大質量を。破壊した。完全に。

刹那《せつな》、魔力炉心を以《もっ》て放たれる猛威の熱線と聖剣の輝きとが交差して。

四騎の英霊《サーヴァント》が斃《たお》れるよりも前に。

彼らの魔力が尽きるよりも前に。

――まず、切っ掛けは弓の英霊《アーチャー》が作った。

最早《もはや》こうなればとばかりに、多少の被弾を覚悟の上で牽制《けんせい》を続けたのだ。宝具による透明化を維持しながらの連続遠隔攻撃。物理と幻想の双方で作用する強固な重装甲が存在する以上、鋼鉄を抉《えぐ》る矢の速射であろうとダメージは通らない。模造竜にとってはむしろ、一射毎《ごと》に見えざる敵が自分の座標を伝えているとさえ感じただろう。

数秒間の牽制の中で、彼は数度の熱線を浴びた。霊核が無事であれば構わないとでも言うように、術《キャスター》の英霊の防御魔術に身を任せながら決死攻撃を繰り返して。

続けて、影《アサシン》の英霊が動いていた。

熱線直撃を喰らって吹き飛んだ己《おの》が肉体の損傷度合いなど一切考慮に入れず、肺の半分を灼《や》かれつつも全力の高速移動。異様の歩法。その在り方は蜘蛛《くも》か、蛇か、蠍《さそり》か。必殺の猛毒を秘めて迫る毒獣として、大樹の幹を思わせる尾の一撃を軽やかに回避。

双頭が攻撃対象をアーチャーから変更する僅《わず》かな一瞬に、宝具発動。

異形の右腕は、竜種ならざる双頭模造竜の疑似霊核に対する鏡面存在を作り出す。

要は心臓。仮初めの命にも源が在る。

是を握り潰《つぶ》すことで戦闘は終わる——かと思われたが、鏡面破壊、ならず。

アサシンの宝具は断罪の御業《みわざ》。人を罰し、心臓をこそ破壊する。時には人ならざる魔でさえも罰しよう、御業の手は暗がりへも届くが故に。しかし。複数の心臓を有するもの、人でもなく獣でもなく高みに在るものへは必ずや罰は下されない。

たとえばこの瞬間。

疑似霊核は、アサシンの御業による断罪を拒絶していた。

構造の基礎として神性スキルを有する霊核を用いていたが故に。

反動で異形の右腕にダメージが入る。宝具による必殺の失敗。だが、心臓の露呈という異常現象に対して僅かに一時のみ模造竜は動きを止めていた。時間にして二秒。広大な空間のすべてを対象とする熱線の雨は止み、絶好の機会を英霊たちへと示した。

応《こた》えて、唇を開いたのはキャスターだった。

高速神言。

果たして神代の魔術師たる彼女は己が真価を存分に発揮させ、強固に結合した分厚い胸部複合装甲を大魔術によって分解。蕾《つぼみ》が花開くが如くして三基の魔力炉心を無防備に露出させて、万が一にも第三層大広間での戦いよりも切り札が威力を落としていた場合の保険を確保しながら、死闘の終焉《しゅうえん》を導いていた。

「約束された《エクス》――」

文字通りに。

「――勝利の剣《カリバー》――!」

それは、セイバーにとって最後の一撃ではあったか。

第二にして最大の脅威として立ち塞《ふさ》がった模造竜は破壊された。

沙条《さじょう》愛歌、もしくは彼女であった人物が落下したと思しき結晶洞窟にも到達していた。

四騎を取り巻く状況は好転するかと思われたが、しかし。

騎士王は、肉体を光と変えながら消滅していく。

現界を維持するための魔力さえをも、聖剣の一振りに費やしてしまったが故に。

「あらあら、予想通りになってしまったわね」

揶揄《やゆ》するにしては穏やかに過ぎる声で、消えゆくセイバーへとキャスターは語る。

「こんな結末じゃあまりに勿体《もったい》ないから、避けたかったのだけど。駄目ね。アナタは聖剣を振るうべき時にはやっぱり振るってしまう。自分が消えるのだと分かっていてもね」

「で、そのお陰でオレたちはこうして生きてる訳かよ」

アーチャーの言葉は以前とさほど変わらず飄々《ひょうひょう》と。

ただ、その表情は酷《ひど》く険しい。

アサシンは白き死の仮面から一切の音を発しようとしない。

僅かに息を吐いてから、セイバーは言葉を紡ぐ。

「……断定は避けていましたが、こうなってしまってはその必要もない。第四層の入口付近で姿を消した瞬間に、私と愛歌の契約は決定的に薄れていたのでしょう。何らかの理由でかろうじて現界は維持されていましたが」

一旦《いったん》、言葉を切る。

その左手は肘《ひじ》から先が完全に消えていた。

「宝具の使用は、やはり多大な負荷であったようです」

魔力供給の著しい低下。

声なき声によるマスターとの通話が叶わないのは魔術的な阻害かと思われたが、そうではなく、マスターとして契約を結んだ愛歌本人に重大な問題が発生したため。比較的に早い段階から、騎士王はそういった可能性を考えていたのだろう。

だが、敢《あ》えて黙っていたのは何故か。

四騎の連係に混乱を招くと判断したか、自らの弱点を露呈すべきではないと考えたか。

少女の姿をした英霊は多くを語ろうとはしなかった。

「そんなことだろうと思ったわ」キャスターの反応には幾らかの嫌味があった。

「すまない。キャスター、あなたの言葉の意図は分かっていたつもりだったが、無用の衝突は何度かあったように思う」

「いいわ、許してあげる。特別に」

そう告げるキャスターの表情はよく分からない。

微笑んでいるようにも見える。

落胆しているようにも見える。

どちらでもない、と言われたとしても充分に通るか。

「アーチャー、アサシン、キャスター」騎士王は、再び三騎を眺めて「最終的な目的は違えど、名にし負う英雄たちと共に戦えたことを私は誇りに思う。英霊と化すことが、このような経験をもたらしてくれるとは思ってもみなかった」

「予想外ってのは同意だ」弓持つ男が大きく頷いて。

「然《しか》り。斯様《かよう》な連係等と」仮面の男が漸《ようや》く声を出す。

「……私はもっと違う形でアナタと遊びたかったけれど」外衣《ローブ》の女は悪戯《いたずら》っぽく。

「それは遠慮願いたい」

ささやかに苦笑。

それから、僅かな間があった。数秒間。

何を言うべきか迷っているのではなく、幾らかの心残りを思わせる間。

すなわち。

「私の割り当て分の礼装は、彼女に渡して欲しい」

マスターであった筈の少女への何らかの感情の揺れ動きがそうしていたのか。

騎士王が、残った右手で腕輪を取り出す。

第四層の探索途中に宝箱から発見した魔術礼装のひとつ。二一世紀初頭としての現代の魔術師の基準からすれば規格外の魔力と魔術が込められているのは間違いない、貴重な品

ではある。もっとも、亜種聖杯によって呼び出された英霊たちにとっては、魔力補充のための餌の類でしかあるまいが。

「後は、貴公らに託す」

最後の言葉。

そして、剣の英霊は結晶洞窟の淡い輝きの中に消え果てる。

僅かばかりの光の粒子、魔力の欠片だけを残して。

大鎌と死爪が、激突する。

灰色の少女が魔力を帯びた大鎌で斬り掛かる。

黒衣の魔人が鋭利に伸びた鉤爪で襲い掛かる。

ふたりのうちどちらが戦端を開いたのかは、よく、分からなかった。

私が息を呑《の》んだ時には、もう、始まってしまっていた。

加速。加速。加速。

刹那のうちに、両者は常人の身体能力を遥かに超える高速の領域へと達していた。

コンマ一秒程度で、二〇メートル先にいて刃《やいば》を交わしていたりする。

絨毯を駆ける姿。

壁面を駆ける姿。

それらの僅かな残像さえも、すぐに、消えてなくなる。

「……っ！」

魔術で援護しようにも、まずは、見えないことにはどうにもならない！

高速戦闘。人体のかたちをしているのに、人体では成し得ない運動性能を当然のように発揮することで行われる、刃の舞踊。動画サイトの類で眼にできるマーシャルアーツの熟達者とは訳が違う、現実を超克する程にまで高められた一撃が交差する。

猛烈な速度で交わされる、刃と刃。

衝撃が周囲の空間に放たれるのにやや遅れて、耳障りな金属音が連なっていく。

飛び散る火花。光。物理的なそれなのか、攻撃的な力の残滓としての魔力光なのか。

あまりに速すぎる両者の戦闘動作を、私は、完全には読み取れない。

ただ、ずっと見えない訳じゃない。

この眼は徐々に馴染んでいく。

視覚情報の把握。

意識に留《とど》められないくらいの高速の物体でも、動作でも、正しき物理ならざる幻想のものであろうとも、少なくとも瞳《ひとみ》には映っている。情報そのものはきっと存在しているのに脳が認識できていないだけ。

私はそういう風に受け止めている。

十秒もすれば、精度のあまり良くない妖精眼は調整を終えてくれている。

一度適応さえしてしまえば、私の眼はセイバーの高速戦闘さえ捉えるようになる。

「ははははは！　面白い技を使う娘だ！」

「――――」

見える。視える。

私の視線がぴたりと空中を見据えていた。

地面から二メートルほどの高さにある亜種聖杯の更に上――

約一〇メートルの位置に在る天井をグレイが鮮やかに走っているのが分かる。

更に、少女は宙を舞う。

何処に引っ掛けてもいないのに空間に固定されているかのような鎌を基点として、くるりと体の位置を変えながら、絨毯の上を跡も残さずに疾走しながら迫り来る吸血鬼へと今まさに落下突撃を行おうとしていて。全力を込めた強襲、だろうか。

可能性はある。

互いの情報を既に明かし合っているが故に、私はそう推測する。

彼女の所有する宝具の効果は大規模に過ぎて、恐らく此処では解放できない。大質量を有した対象であるならまだしも、対人で、こうも閉じた空間で対城宝具級の魔術行使を行ったとしたら、どうなるか。まず間違いなく《迷宮》そのものが著しく損傷して、私はおろか、グレイ自身も生き埋めになってしまう。

だからこそ。

本来の決め手を失っている以上、必殺の機会と見れば彼女は迷わないだろう。

せめて援護に転倒《スネア》の魔術を試してみるべきかと思った、けれど。

私の詠唱では追い付かない。

祖父譲りの礼装を使ったとしても、ここまでの高速では力になれない。

だから、私は唇をきつく結んだまま見つめる。

両手で携えた大鎌と自分自身とをただひとつの武器として、刃として、グレイがしなやかに魔人へと一閃を繰り出すさまを。

真紅の広間全体を音が疾《はし》るような錯覚。

きん、と何かが断たれる気配がした。

死の爪が崩れる。

吸血鬼の右手から伸びた鉤爪がすらりと両断されていた。

勝てる。グレイはこの幻想種よりも強い。そう思いながら唇を開こうとした瞬間、悪寒が背中を走り抜ける。早計だった。違う。ヴォルフガング・ファウストゥスと名乗った怪物の青白い貌《かお》に浮かんでいる表情は、享楽、余裕、憐憫《れんびん》、そして侮蔑《ぶべつ》！

「……逃げて！」

私の叫びは何の助けにもならない。

声が響いた時には、既に、魔人は速度の段階《ギア》をひとつ上げていて。

黒い大剣。

或いは、黒くて長い牙《きば》。

瞬間的な硬質化によって金属製の刀身めいて形成された黒衣が、死の爪の数倍の威力を秘めながら翻《ひるがえ》っていた。黒は先触れ。裾《すそ》は死。大気を裂いて少女へと見舞われるのは、嵐にも似た漆黒の咀嚼《そしやく》。

一撃では終わらない。

二連。三連。四連。五連。まだ止まらない。

続けざまに襲い来る黒い死の怒濤《どとう》を、グレイは三日月型の刃で受け止める。

空中で。そう、魔人のもたらす攻撃は少女の足が地面に触れることさえ許さない！

「とろとろやってんじゃねえ！　さっさと一撃喰《く》らわせてやれや！」

大鎌《アッド》の声が響く。

状況に対して焦《じ》れているのだろう。

圧《お》されていると自覚しているからこそ、警告を発してしまう。

直後。少女の姿がかき消える。

黒衣の刃ならざる長い脚による蹴《け》り込みが――グレイの華奢《きゃしゃ》な体を遙か後方の壁面にまで吹き飛ばしたのだと気付くまでに、呼吸半分ほどの時間が掛かった。壁。当然、弾丸以上の速度で衝突すれば、運動エネルギーはまっとうに作用する。

亀裂《きれつ》の入った壁面に手を当てながら、ゆらり、と少女が姿勢を立て直す。

如何《いか》にサーヴァントとはいえ、流石《さすが》に些《いささ》かダメージを受けているようにも見える。

駆け寄って治癒の術式を行うべきかと迷う、瞬間。

「吸血種の貴族《ノーブル》たる私の一撃、一爪、人の身でよくぞ耐える！」

拍手交じりに。

高らかに、魔人がそう告げていた。


――人の身？


「嘘……」

嘘。嘘。そんな。

魔人の言葉が私の脳裏を反響する。

亜種聖杯の力によって槍の英霊《ランサー》として現界したサーヴァント。

他の四騎が一切把握していなかった五騎目。

ずっと、そんな風に認識していた。

何の疑問も抱かずに。

先入観だけで考えて。

精神に干渉する魔術や呪詛《じゅそ》を受けた訳でもないのに、ぐらり、と視界が揺れる。

全身の血の気が引いていく感覚は、手足の先が氷のように冷たくなっていく錯覚は、私自身がその言葉を大いに有り得るものだと理解して、納得してしまったせい。

人間。グレイが、人間。

槍《やり》ならざる死神《グリム・リーパー》の鎌じみた武装を手にした少女。

こんなに華奢な体で、あんなにも卓越した技量と身体能力で戦って。

幻想種の一撃を受けて——

些かのダメージ程度である筈がない！

アッドという特殊な礼装を、宝具を手にしていても彼女が人間であるのなら。

ただの女の子が無事でいられるはずがない。

「あ、あぁ……グレイ……そんな……！」

有り得ざる五騎目の英霊なんて存在していなかった！

気付くべきだった。

この《迷宮》を最終層まで降りてくるような猛者《もさ》以上の誰かがいて、それがただの人間である可能性を考慮の外に置いていた。もしかして、と思うことさえしなかった。なら、私は、どれだけの無理をたった今も彼女に強いているのだろう。

死の怪物を前にして戦って貰《もら》えるのが当然とばかりに！

ああ、そんなもの、死刑台に立ってと願うのにも等しい！

「今……！」

すぐに行くから。其処にいて。

治癒の魔術は必要だ。

鎌や匣の形態に変化するアッドは驚くべき性能を持った魔術礼装で、彼を所有するグレイは確かに普通の人物ではないかも知れない。人喰いの妖精《ようせい》もどきを瞬時に倒せて、こうして吸血種と互角に見える戦いを繰り広げるだけの能力は有している。

けれど。

私と同じ、人間の女の子なの。

何らかの身体強化のすべを彼女が得ているのは間違いないけれど、果たして耐久力までも付与されているのかどうかは定かでない。

だから私は、音を超えて跳躍したりすることはできなくても。

怖くても。怯《おび》えて、竦《すく》んでしまっていても。

痛いのは嫌だけど、死にたくなんてないけれど、でも。でも──

──私のせいで誰かが死んでしまうのは、もっと嫌！

あの子《グレイ》のところへ走ろう。

私には他の手段がない。

人型をした怪物は未《いま》だこちらを見ていない。

視界に入ってしまえば否《いや》が応でも視認されるだろうけど、きっと、グレイの攻撃の範囲に相当する一定距離以上まで私が近付いてしまえば無闇に追っては来ないと思う。そうすれば、多少の時間は掛かったとしても治癒の魔術を行使できる。

治癒の魔術を補助する礼装や霊薬は探索用鞄《かばん》の中に幾つか残っている筈。

私は、震える脚で絨毯を蹴り込んで。

走る。走る。走る。

「何処へ」声はすぐ真横から「行くつもりかな、愛らしくも儚き前菜のきみ」

「ひっ──」

視線が交差する。

幻想そのものである吸血種の瞳は私の眼球越しに脳髄を摑《つか》んで。

私は、立ち止まる。意思《こころ》とは裏腹に。

「我らは是に特別な名を付けることはなかったが、魔術師の言葉を借りるならば魔眼の類であるのだろう。肉体操作、か。私は支配の眼と称するべきではないかと思うがね」

死の手が伸ばされる。

私の肩に触れる、途端、服に仕込んでおいた魔術が起動する。

装備一式が戻って来た後に用意しておいた、防御用の反撃魔術。黒魔術の一種で、先祖代々大切に受け継いできた使い切りの緊急用の礼装で、そう、触れた者の手を吹き飛ばすくらいの威力はある。

なのに。何も。

確かに魔力の光が浮き上がったのに、魔人には何の影響もない。

今更ながらに私は思う。魔術の常識。神秘はより古いそれによって凌駕《りょうが》される。

「まずは、瑞々《みずみず》しくも命を実らせた乙女が二匹。予想外ながらも今宵《こよい》は……」

魔人の口元が歪《ゆが》む。

仄見《ほのみ》える歯牙《しが》の列は獣のそれによく似ていた。

「なかなかの馳走《ちそう》になるな」

視界の端でグレイが再び戦闘態勢を取っているのが分かる。

衝突の余韻さえ未だ抜けきっていない筈なのに。

絨毯の上で立ち止まってしまった私からの相対距離は三〇メートル程度。

先刻まで目にしていた速度なら、ああ、確かに届くのかも知れないけれど。

駄目。来ないで。

できることなら逃げて欲しい、私がこいつに捕食されている隙に。

何もかもを話したつもりでいたのに、隠し事がなくなったことだけで満足して、あまりに大切な確認を少しも為せていなかった私は、此処で、回復さえ覚束ない状態の女の子に守って貰うような価値はないと思うから。

ああ、そうね。

私には特別なものなんて何もない。

もしも、愛歌のほんの指先くらいの強さが在れば少しは違ったかかな。

魔術の才能や全能にも等しい力なんて要らないの。

せめて。

せめて。

ここで、魔眼に抗《あらが》って「逃げて」と言うだけの勇気が、あったなら——

「そこまでだ」

王城に於ける謁見の間。

見る者にそういった荘厳の感慨を抱かせる真紅の広間に、今、姿を見せる。

本来ならば殺し合うためにこそ顕れた筈の三騎。

神話の再臨。

伝説の具現。

紛《まが》いものの聖杯を求め、命を費やすべくして召喚された人類史の英雄たちが、太古の昔より連綿と紡がれてきた人々の願いの光景そのままに参じていた。すなわち、絶対の危機を前にして訪れる希望か、ささやかなれど尊き想いを守るため現れる尊き力か。

悪なる竜が姫君を喰らわんとする刹那の如く。

血塗られた戦いを終わりへと導く刹那の如く。

魅入られた乙女を今こそ取り戻す刹那の如く。

「そこまでだ。幼くも無垢《むく》なる命へと魔手を伸ばさんとする悪鬼よ」

制止の言葉ひとつ。

白の仮面を通して堂々と告げられるアサシンの声は、今、吸血種の牙を止めていた。

「……ああ、主菜がようやく来てくれたな。騎士王はご不在か？」

漆黒の笑みが賓客の来訪を歓迎するよりも、先に、流麗の声。

聞くがいい、魔よ。

是こそ神代の片鱗《へんりん》である。

キャスターの唇は紡ぐ、周囲に存在する大源《マナ》を破壊の奔流へと直ちに変える至高の神言を。次々と浮かび上がる大型の魔方陣の中央部から投射される光の連続が、狙い違《たが》わず人型の怪物を灼き尽くしていた。

傍らに立って、死を待つばかりであった探索者の少女ごと。

否。そうではない。

少女は、剣の英霊のマスターと何らかの関わりが在るであろう少女は、黒色なれども魔の漆黒ならざる逞《たくま》しい腕に抱かれて大魔術による破壊の大槌《おおづち》から逃れていた。唖然《あぜん》、呆然、何が起きているかも分からないといった表情で髑髏《どくろ》の白色仮面を見つめて。

「グレイを、助け……」

「無論。だが、要らぬ世話かもしれぬ」

アサシンの言葉は安堵《あんど》をもたらすための虚偽ではない。

端的な事実。

既に、もうひとりの人間の少女、灰色の頭巾《フード》を被ったままの英霊ならざるも超人の機動を可能とする少女は戦闘状態へと再び移行していた。

強烈な踏み込み。床石ごと絨毯が弾《はじ》ける。

四大の属性に依らず純粋な魔力による破壊をもたらすキャスターの魔術に加え、駄目押しとして際限なく撃ち込まれていくアーチャーの矢の群れ。それらに呼吸を合わせて、灰色の少女は疾風と化して床と平行に滑空する。地に足を着けることなく完全な攻撃姿勢を整えて、真横、極東で言うところの一文字に――大鎌を薙《な》ぐ。

破壊され尽くしたかに見える人型の幻想が、上下に分断される。

この時、この瞬間、三騎とひとりは総じてひとつの戦闘集団として機能していたが。

しかし。

「はははははははは！」

再生。復元。

否、是こそが死なざるものとして吸血種が語られる所以《ゆえん》！

呼吸ひとつ程の間さえ必要とはしない。

まったき生物、物理法則の申し子として存在を定めていった人類に対する絶対の蹂躙者《じゆうりん》として生まれ落ちた死なきもの、呼気のひとつで魔力を取り込み、音を立てず脈動も行うことはない心臓で体軀《たいく》を維持し、牙で以て命を吸い上げる吸血幻想《かいぶつ》。

死なず、朽ちず、斃れもせず。

嘲笑《あざわら》い、冷笑し、人を喰らう。

英雄たちよ、刮目《かつもく》せよ。

此処に立つのはお前たちの〝敵〟である。

「ただの幻想種であれば、こうまでされれば完全に消え失《う》せようが」

完全に。完璧《かんぺき》に。

衣服も含めて修復を果たした魔人が、振り抜かれたままの鎌の白刃に指先で触れる。

何らかの干渉を行う気配があった。灰色を名とする少女の反応は速い。再形成されたばかりの死の手が届くよりも先に、背後へと大きく跳んでいた。

至極残念そうに吸血種は首を傾けて、指でひとつの円を描く。

何かが。顕れる。

広間のおよそ中央に今も浮かぶ亜種聖杯にも似た、それは眩《まばゆ》い輝きだ。

吸血の魔たる人型の頭上に、右肩に、左肩に、総じて三箇の光源が浮かぶ。

「霊核……？」キャスターが、不審と疑念に類する短い呟《つぶや》きを発していた。

「そう、我が核はひとつきりではないのだよ。是なる英霊核、三基こそ！」

宣言に応じて光源が――

英霊核と仮称された超々高密度の魔力塊が明滅する。

ああ、其《そ》は何か。

英雄の魂、絶大の力、超克の源。

霊核を軸として磨き上げられた魔石。魔人にとって最高の実験材料。

亜種聖杯を以て行われる贋《にせ》なりし聖杯戦争に於いて召喚され、切なる願いを抱きながらも是なる《迷宮》の中で倒れ伏して、エーテルに依る仮初めの肉体を失い、霊核を簒奪《さんだつ》された英霊たちの無念そのものだ。

「四基目は双頭の竜を作成する際の霊核に用いたが故、見事、貴様らに破壊されてしまったようではあるが……何、是なる三基が何を成せるかをご覧に入れよう！　熟れた果実を木々からもぎ取る喜びを私は知らぬが、貴様らから霊核を抉り出すのはおよそよく似た実感を生むのであろうよ！」

不遜《ふそん》極まる宣告！

最後まで言葉を待つ英雄ばかりではない。

「うるせえよ。黙ってろ」

潜伏と奇襲をこそ旨とする者も在る。透明化によって死角から放たれる聖樹《イチイ》の矢は、直撃すれば魔人の肉体さえも爆散させ得る威力に満ちて、吸い込まれるようにして肉薄する。人に似ながら人ではない魔の怪物は、言わば不浄そのものなれば、是なる矢によって真の死を顕すこともあるだろう。

だが。届かず。

吸血鬼は白牙の並ぶ口元を隠すことなく哄笑《こうしょう》し——

英霊核を本格励起させていた。

故に、毒矢は、掻《か》き消される。

神ならざるも血を食すが故に死を遠ざける怪物と直結した三基の魔力塊は、今、亜種聖杯をも通じて有り得ざる偉業を成し遂げる。英霊の座への接続。否、所詮《しょせん》は聖杯のもたらすそれを模倣した仮初めの切れ端、魔術師たちが行使する召喚術を幾らか発展させたものに過ぎない。

それでも。

此処までの結果であれば成る。

つまりは、サーヴァントならざる形態での英霊の実体化。

『────────────!!!』

咆哮《ほうこう》、絶叫。

全長約三メートルの真紅の虚像が吼え狂う。

巨人と見紛う偉容が姿を成していた。

それは、英霊の影法師。

血液の濁流によって肉体を構成される贋なる反英雄の顕現だ。

ヴォルフガング・ファウストゥスをこそ唯一の主《あるじ》として稼働する破壊の大兵。

精神を持たず、意思を有さず、豪刃の双斧《そうふ》を以て立ち塞がるすべてを砕く狂戦士。
真名は此処で語るまい。
頭部を覆い尽くす巨盾が如き鉄仮面の陰で流れゆく苦悶《くもん》の血涙が、今は、すべて。
「さあ、破壊し尽くせ、ダイダロス大迷宮の主！
ははははははは喜ぶがいい守護者ども、是は貴様らには相応《ふさわ》しい幕引きだぞ！」

——ふふ。
わたしは微笑んでしまう。
こうして、ほんの少し思い返してみるだけで。
もうひとりのあなたとの日々。
わたしのアーサー・ペンドラゴンではない、アルトリアとのささやかな時間。
朝も、昼も、夜も一緒になって暗がりを歩いていって。
戦いもしたわ。

眠りもしたの。
ああ、それから、お料理も沢山《たくさん》。
わたしは、まるでか弱い人間のようになっていて。
魔術もほんの少ししか使えない。
傷付けば、それでおしまい。どうしようもなく簡単に死んでしまう。
まるで、お話の中で王子様の訪れを待つお姫さまのよう。

微睡《まどろ》みの隙間。
わたしの目にした夢。
こちらの流れで言えばどれくらいのものであったのかしら。
数分、いいえ、五十三秒？

もう、認めてしまうわ。
わたしはやっぱり、あのささやかな《迷宮》の日々を楽しんでいたの。

でも。幾つかの心残りはあって。

第四層の果てまで進めなかったのは、ちょっとだけ残念。
もうひとりのあなた《セイバー》に、きちんとお別れも言えていない。
今も東京地下《ここ》の大聖杯にたゆたう、この子のせいね。
ひとりでいることに気付いて——
この子ったら、あの《迷宮》からここまで一息にわたしを引き戻してしまって。

さあ、どうしようかしら。
まだ夜は長いもの。
こんな夢を見たのよと、東京の街並みを歩くあなたへ伝えに行くべき？

嗚呼《ああ》、それとも——

「ははははははははは！」
人型の幻想種は嗤《わら》う。嗤う。嗤う。

それは、きっと、勝利を確信した上での哄笑であるのだと私は思う。

「我らが王リュカオンよ、アーケイディアの末裔《まつえい》たる私に祝福《ノーマ》あれ！」

魔人の言葉を何処か遠くに聞きながら。

私は見つめる。

英雄たちと怪物による死闘のさまを。

アサシンは戦闘の影響が薄い部屋の入口付近まで私を連れて跳んでくれて、お陰で私はこうして巻き込まれることなく生きている。死んでいない。

でも、できることはない。

せめてもの助力に魔術をもたらすことも。

声援のようなものだって一言も発せない。

私が何をしても意味はない。

ある程度までは神秘の如何《いかん》を把握するこの眼が告げている。

これは神話の再現だ。伝説が二一世紀の現代に降りる、殺戮《さつりく》の宴《うたげ》なのだと。

ただの人間が立ち入れるようなものではない。

炸裂《さくれつ》し続けるキャスターの魔術、アーチャーの放つ数多《あまた》の矢、アサシンの投擲《とうてき》する弾丸の如き短刀、グレイが振るう鎌の一振り、それらのすべてに耐えながら新たに姿を見せた真紅の巨人が行使する破壊の斧《おの》——

どれかひとつの片鱗に触れるだけで私は砕け散ってしまうだろう。

間違いなく。

確実に。

串刺《くしざ》しにするようにして全身を貫く悪寒と恐怖は、三騎が姿を見せて即座の戦闘を開始した直後から、幾らか緩和していて。予想だにしなかったものが、数多の伝説や物語でそう記されているように、人を救う者が助けが来てくれたのだ——

そんな風に思いながら、願いながら、私は立ち尽くす。

何故、此処にセイバーがいないのか。

令呪《れいじゅ》が消滅したことによる魔力供給の途絶が、何を、彼女にもたらしたのか。

最悪の予想を最後まで考えてしまわないようにしながら。

戦いの趨勢《すうせい》はまるで私には分からないけれど、ただ、ただ、見つめるしかない。

死の嵐、止まることなき力の暴風。

物理と神秘とが混ざり合った破壊に伴う轟音《ごうおん》の群れは、私の息遣いさえ掻き消して。

「どうした、どうした英雄たち！　三騎揃ってその程度か！

ははは、私を殺せ！　ここで殺さねば私は存在の階梯《かいてい》を此処で昇りきるだろう！」

吸血の怪物は語る。

黒衣の魔人は語る。

もはや自らは幻想を超える存在であり、神秘の征服者であり——

言わばそれらの源たるモノにさえ等しい筈なのだと。

「誇大妄想の怪物とかどうなんだよ」姿を隠したまま短く吐き捨てるアーチャー。

「この吸血種……まさか、精霊種にでもなろうとしているの……？」

ああ、キャスターの述べた単語には聞き覚えがある。

精霊。それは自然の具現、星の触覚。

確か、世界の存続に深く関わる〝抑止力〟に類するものであるのだとか。

神代回帰をその身に備え、時には空想さえ世界に具現させ得るという自然霊——

書物に記された知識としては、そう。

私自身はこう捉えている。

絶対の存在のひとつ。

神さま——

もしくは、私の想像の範疇《はんちゅう》を大きく超えた真性の化け物！

「一度目は叶わなかった。二度目もだ。しかし、こうして三度目の実験にあたり、私はとうとう亜種聖杯を取り込むことにも成功した」

「たかが血吸いの悪鬼の分際で」

苦々しげな声が、グレイと共に壁面を疾走するアサシンから漏れていた。

魔人の言葉も英霊たちの反応も私にはよく理解できない。

ああ、でも。嫌。

恐怖は嫌。怖がりたくない。英雄たちの勝利を確信したいのに！

瞳が映した視覚情報を正確に私の脳は捉えてしまう。

分かってしまう。

——三騎のサーヴァントたちは、既に。

——此処へと至るより以前の道程で大幅に魔力を消耗してしまっている、と。

苛烈《かれつ》極まる戦いを何処までも継続することは、叶わない。

耐えきれない。

血の赫《あか》色の集合体としてかたちを成した狂戦士の一撃はあまりに強力で、吸血種が時折紡ぎ出す大魔術も確実に三騎とグレイに損害を与えている。空間ごと万物を粉砕し得る真紅の巨刃による軌跡、私の知り得ない異形の魔術によって回転する漆黒の死、いずれも必殺の威力を有している。

一瞥《いちべつ》した限りでは五体無事であるように思えるのは、事実の誤認。

キャスターが、残り僅かな力を費やして魔術的な防御を行っているだけだ。

そして、それも。限界が近い。
「あ……」
悲鳴は出なかった。
英雄たちの敗北への予感は、呻《うめ》きとなって私の喉を震わせる。
混乱はなかった。
一瞬で、確信に近い認識が私の裡側《うちがわ》を埋めていく。
駄目。駄目だよ。このままじゃいけない。
何かの手を打たなければ、みんな、あの怪物たちに殺されてしまう。
私だけじゃない。
グレイも。きっとアッドも。
仮初めの命を得て現界している筈の英霊さえ、霊核を、あんな風に抉り出されて。
「……嫌……」
首を振る。
目の端から頬にかけて濡《ぬ》れたような感触。
泣いているの？
私、怖いから？
分からない。分からない。

どんな感情が私にそうさせているのかが自覚しきれない。
殺されるのは嫌、グレイが死んでしまうのも嫌、英雄たちが砕かれるのも嫌。
拒絶と否定が、精神《こころ》と意思《こころ》を引き裂いていくような錯覚。
ああ、壊れる。
ノーマ・グッドフェローが砕けていく。
ごめんなさい、私にはない勇気を以て怪物に立ち向かっていく英雄たち。
私、きっと肉体よりも先に――
『まったくもう』
――誰の声。耳元で、綺麗《きれい》な声に囁《ささや》かれているような。
『あなた、少しの間はわたしだったのだから』
――鈴の音が鳴るような、聞き覚えのある女の子の声。
『しゃんとしなさい』
――微塵《みじん》も存在していないはずのものが、湧いてくる。

『もう幾らも残っていないけど、わたし、あなたの中にいるのよ――ほんの少しだけ』

――これは、何。勇気？

もしくは希望。

どうしようもないと諦《あきら》めてしまう弱いこころを照らして導く、唯一の。

ゆっくりと、私は顔を上げていた。

知らずに自分が俯《うつむ》いていたのだと今更ながらに気付く。

英雄と怪物の戦いを見つめ続けることさえ恐れて、足下、見ていた。

真正面を見据えていよう。

視線は、もう逸《そ》らさない。

だって――

「愛歌」

あなたが、私にそう言うのなら。

臆病《おくびょう》で弱くてすぐに逃げ出そうとしてしまうこの肉体に、ほんの少しであっても、あなたが残っているのなら。震えるのはやめよう。俯くのも、絶望のあまり自分からこころを粉々にしてしまうのも、やめてしまおう。

『セイバー、もういないのね。さよならを言いたかったけれど』

「ごめん、私が」

『あなたのせいではないでしょう？

分かるわ。彼女が消えてしまったのは、あそこにいる黒色をした彼のせい』

「うん」

『どうすればいいか、分かるわね』

「うん」

小さく頷いて。私は——

——全能の少女《ポトニアテローン》の残滓に導かれるままに、手を、前へと伸ばす。


いいわねノーマ、これからあなたは奇跡を成すの。

ささやかに。

ほんの少し。

ほら、ご覧なさいな。

アーチャーが軽やかに口笛を吹いている。そうこなくては、って。
キャスターは何だか難しいことを呟くの。まさか当代で見るなんて、って。
アサシンは納得した風な顔をしているわ。仮面越しでも分かるでしょう。

それから、あの子。
セイバーによく似た灰色の女の子は驚いてしまったかしら。
ええ、そうよね。
仮初めではあるけれど、わたしの姿を見るのは初めてなのだから。

けれど――
黒色の彼が、一番驚いているのではなくて？

要らないものをあれこれと作って、配置したりして。
わたしがもうひとりのセイバーにお別れを言うのを邪魔した張本人。
お仕置きが必要、よね。

ノーマ、よくよく狙うのよ。

まっすぐに手を伸ばして、ええ、何もかもすべてを摑めるのだと信じて。

「お前は」

ああして彼が戸惑っているうちに。

「お前は、一体、何なのだ……!?」

ああして彼が怖がっているうちに。

あんな風に歪んだ力を手にしようとする不遜の吸血鬼だなんて——

存在ごと。

世界ごと。

ぜんぶ抉ってしまうといいわ。


そして、万色の光が放たれる。

星の輝きならず、太陽の灼熱《しゃくねつ》ならず。

破壊の力ならず、万死の呪詛ならず。

ヴォルフガング・ファウストゥスの力の源たる霊核三基と亜種聖杯が消し飛んで、真紅の虚像として破壊の渦動を撒《ま》き散らす狂戦士を霧散させる。

為《な》す術《すべ》などあるものか。

是を、誰ひとりとして言葉にすることはできない。

すべて、一瞬のうちに。

流れるように。

熟練の極みを得た一団《パーティ》を思わせる最高の連係が其処には在った。

術の英霊の魔術が、魔人の全身を空間へと繋《つな》ぎ止めて。

影の英霊の御業が、氷結の心臓をたちまち握り潰して。

弓の英霊の矢毒が、肉体の再生を一時的に阻んでいて。

そして。

光の弧を描きながら、死神の鎌が両断する——

此処に、幻想の王たらんとした吸血種は奇跡の光臨を以てして砕き尽くされる。

残骸《ざんがい》として、エーテルの光だけを僅かに残して。

Epilogue

Fate/Labyrinth

――亜種聖杯の起動に伴って死の閉鎖空間と化した《アルカトラスの第七迷宮》。
――結果として、魔窟《まくつ》はその口を再び開く運びとなった。

我が弟子の帰還を以《もっ》て《迷宮》の異常事態は終結したとみなすべきだろう。
地上の出入口に施された封印も自動的に解除されている。
生存者は、弟子を含めて二名。
他の外部協力者はすべて、残念ながら命を落とした。

亜種聖杯は完全に破壊されたという。
アルカトラス氏に代わって新たな迷宮造成者《ダンジョン・マスター》として魔術的実験を画策していた人物は、推測通りにアグリッパの惑星魔方陣を利用していたと思《おぼ》しい。弟子の証言によれば吸血種を名乗っていたというが。

召喚された英霊《サーヴァント》たちの霊核を用いて――
彼は何を成そうとしていたのか？
確かに、霊核を素材として太陽の魔方陣を効果的に活用すれば霊基の再臨をも成し得る可能性はゼロとは言い切れまい。

現状に対して、ある程度までは筋の通る説明にはなるだろう。
だが、幾つかの疑問は残る。

魔術の知識に疎い弟子の証言のみを頼るのにも限界がある。
当該人物の痕跡《こんせき》も含めて、再度の《迷宮》調査が必要となるだろう。

（以上、ロード・エルメロイII世の覚書より再構成）

私《わたし》は、すっかりノーマに戻っていた。
あなたの声はもう聞こえない。
あんなにはっきりと届いていたのに、もう、気配さえ何処《どこ》にもなくて。
沙条愛歌《さじょうまなか》。
暗がりの《迷宮》の中の数日間、私の肉体を所有していたあなた。

瞼《まぶた》を閉じると、あの翠《みどり》色のドレスのふわりとした裾《すそ》を思い出す。

綺麗《きれい》なあなた。

素敵なあなた。

それから、きっと誰よりも優しく微笑むあなた。

こうして私が生きて外に出られたのは、怪我のひとつもなく命が在るのは、朝の少し冷たい空気を胸一杯に吸って、明るい陽射しに目を細めていられるのは――

勇気に充《み》ちた英霊たちやグレイとアッド、それに、愛歌のお陰に違いない。

ありがとう。

それから、ごめんなさい。

ノーマ・グッドフェローの肉体はあなたの足を引っ張り続けたと思う。

それに、何よりも。

サンドイッチ。

セイバーのためにあなたが作ったものを、食べてしまって。

せめて残った分だけはセイバーに渡すつもりでいたのに、それも出来なくて。

第四層の入口近くであんな風に私が逃げ出したりしなければ、あなたが残してくれたものをちゃんと渡せた筈《はず》なのに。ごめん。ごめんなさい。

どうしたら、私——

お礼とお返しが出来るのだろう。

愛歌。自分のいた場所へ戻ってしまった、怖いものなんてひとつもないあなたへ。


緑の木々が生い茂る森の果て。

其処《そこ》には、閉ざされていた口を開いた《迷宮》の入口が在る。

柔らかな朝の陽射しの中で、今、別れの言葉を告げる者たちがいた。

三騎の英霊たち。

結局のところ、亜種聖杯は消滅した。入手をこそ最終目的としていた者には不満がないと言えば嘘になるものの、あの状況であれば確かに亜種聖杯ごと吸血種を斃《たお》すのは最悪の選択という訳でもなかった、というのが三騎の一致した見解ではあって。

橙色《だいだい》に髪を染めた少女《ノーマ》を責める者はいなかった。

ただ、多少の嫌味は少しだけあったか。

それを受けて、少女は消え入りそうなくらいの表情で俯《うつむ》きかけて——

「下向いてんじゃねえぞ、ほら、顔上げろ」

無理矢理《むりやり》に手を摑《つか》んで、アーチャーが何かを押し付ける。

それは腕輪だ。

何らかの魔術が込められた《迷宮》の礼装。

「え、ぁ、わ、私……」

「セイバーからだ。マナカが消えちまったなら、アンタに渡すのが筋だろうからな」

「わ、私……贈り物を貰《もら》ったりする理由、ないから」

「ならば仮に預かっておくがいい。少女よ」

仮面越しの静かな声の方を向くと、もう、其処にアサシンの姿はない。

気配遮断スキルの発動ではない。

消えたのだ。

そう、彼らは此処《ここ》で消えていく。

現世に留《とど》まるための〝要石《かなめいし》〟たる亜種聖杯を失った英霊は肉体を維持できない。

「私も行くわ。もう、アナタたちと会うことはないでしょうけれど」

キャスターもまた光と消える。

そして。

「気の早い連中だこと。まあ、オレも時間だけどな。せいぜい元気でやれよ、マナカの容《い》れ物さん。真名は……どっかであんたがオレのマスターになったら教えてやるよ」

朝陽の煌《きら》めきの中へアーチャーも溶け込んで。

後は、ひとり。

腕輪を見つめて佇《たたず》む少女ひとりが残されて。

ぽつりと。何かを言ったかも知れない。

僅《わず》かに唇を動かして、既にいない四騎へと告げられたそれは別れの言葉か。

もしくは――


「アーサー・ペンドラゴン。確かにそう言っていたんだな」

「はい……」

「そうか」

別れの光景からやや離れた場所で、一組の男女が言葉を交わしていた。

ひとりは、朝焼けの空へ葉巻の紫煙をくゆらせる長髪の男。

ひとりは、灰色の頭巾《フード》を被《かぶ》った少女。

弟子の端的な返答へと頷《うなず》きながら、男は――

ロード・エルメロイII世は俄《にわか》に視線を遠くへと送っていた。

驚嘆すべき神秘の園たる《迷宮》入口である森の一角としての此処ではなく、何処か、時間も場所も異なる場所へと想いを馳《は》せているような。

「いずれにせよ、彼女には多くを尋ねる必要がある。現代では有り得ないレベルの事象を目の当たりにしてきた以上、その証言には価値がある。再現性の有無についてもだ」

「いいでしょうか、師匠。拙《せっ》は……」

「何だ？」

男が振り返る。

少女は何かを彼へ言おうとして。

言い切れず。言い淀《よど》む。言いたいこと、はまだ口に出来そうにない。

けれど。

代わりに、何かを思い出したような気配を浮かべて。

「——その、実は、貰ったサンドイッチの余りがあるんです」

（終）

Fate《フェイト》/Labyrinth《ラビリンス》

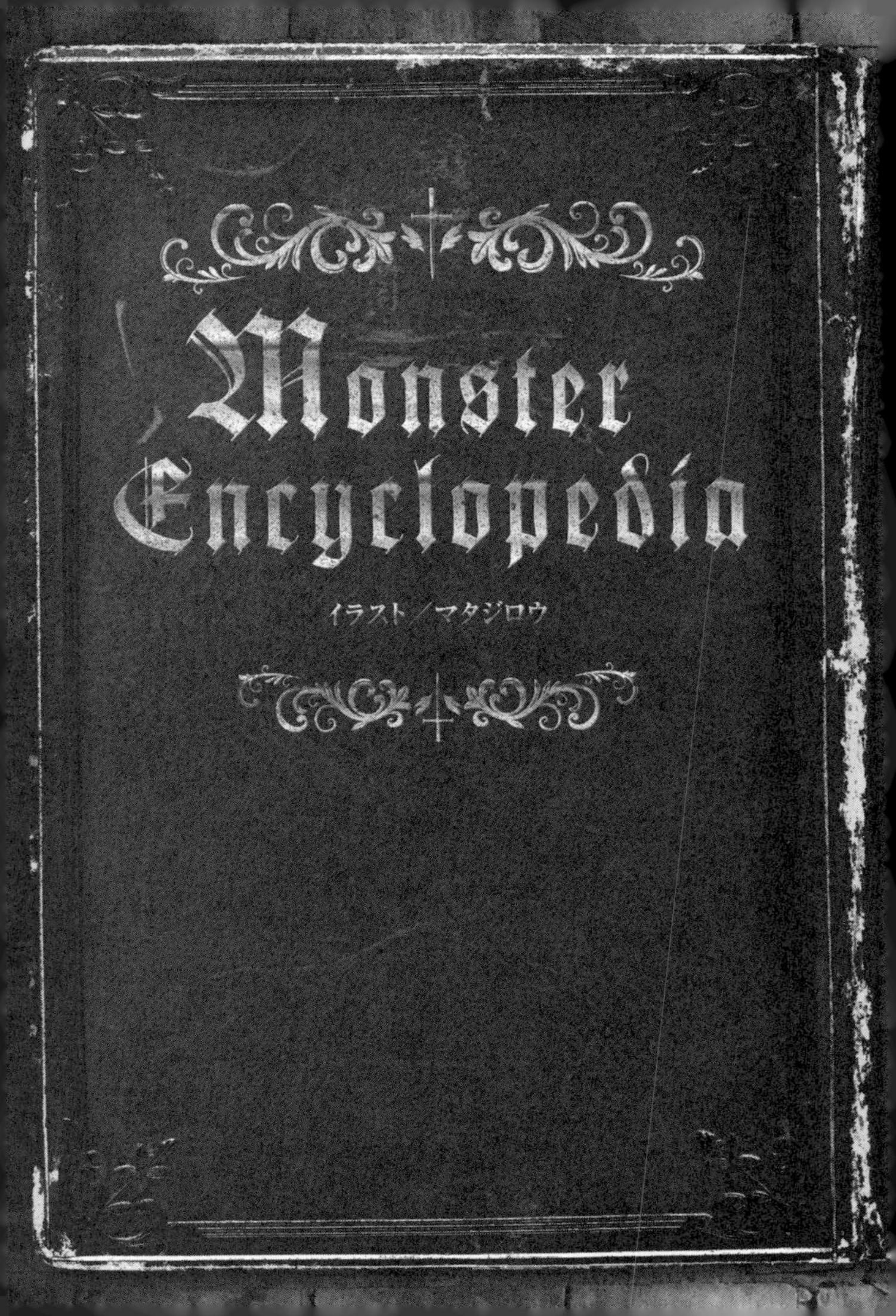
Monster
Encyclopedia
イラスト／マタジロウ

キメラ

Chimera

ステータス	
種　類	合成獣
属　性	土、水
体　長	3〜6メートル
体　重	9〜14トン以上
生息地	特殊

攻略方法	
弱点部位	心臓
弱点属性	—
対魔力	中

報酬	
獲得素材	金属装甲、悲哀の心臓
素材落下確率	10%、1%

攻撃特徴	
攻撃方法	喰らい付く牙の群れ、豪爪、毒の尾、押さえ込み
状態異常	拘束、毒

ケルピー

Kelpie

ステータス

種類	合成獣
属性	水
体長	2メートル以上(肩高)
体重	可変
生息地	水辺(主にブリテン島北部)

攻撃特徴

攻撃方法	いざない、水蹄、超高速突進、取り込み、飛来強襲
状態異常	魅了、スキル封印

攻略方法

弱点部位	胴体内部(核)
弱点属性	火(ただし超高熱)
対魔力	高

報酬

獲得素材	水袋、水霊の雫
素材落下確率	50%、5%

多脚自動人形

Automata

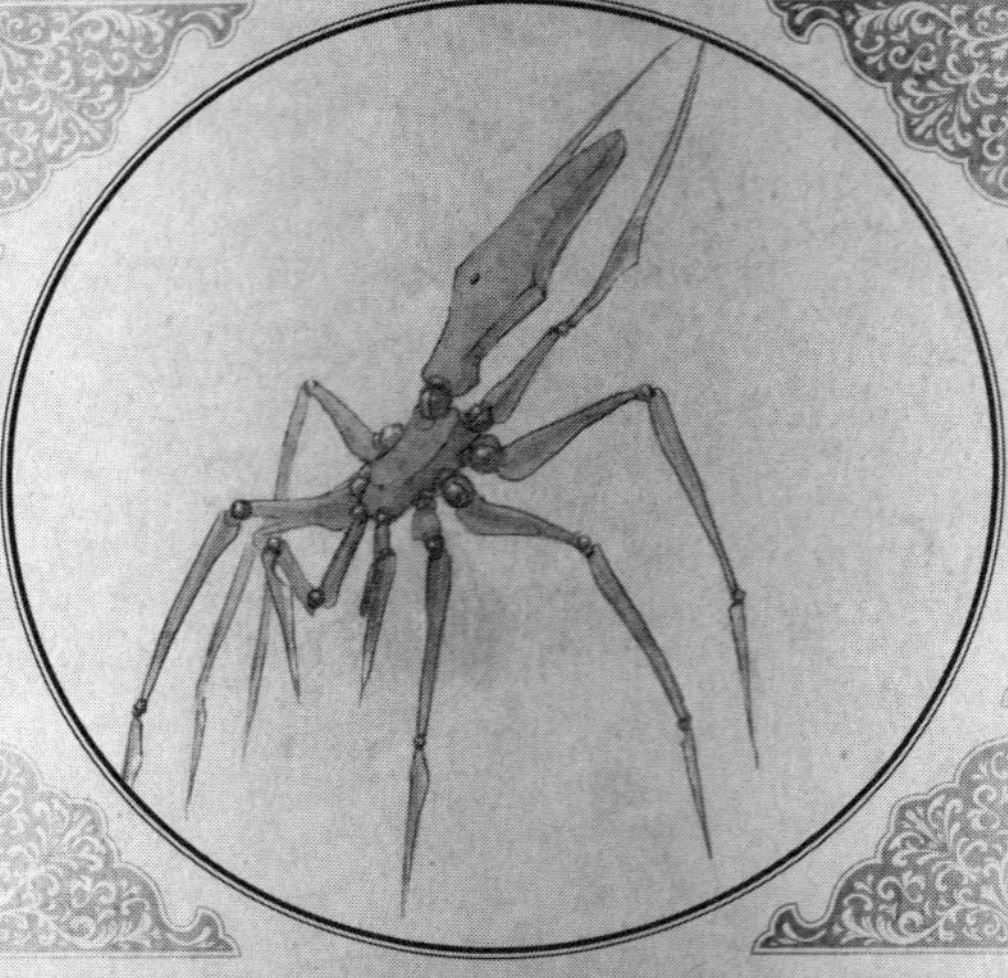

ステータス

種類	自動人形
属性	土
体長	2～4メートル
体重	1トン
生息地	特殊

攻略方法

弱点部位	胴部
弱点属性	物理
対魔力	低

報酬

獲得素材	回転機関
素材落下確率	5%

攻撃特徴

攻撃方法	八連脚撃、八連脚刃、極小型魔術弾、拘束寸断
状態異常	拘束、スタン

ゴーレム

Golem

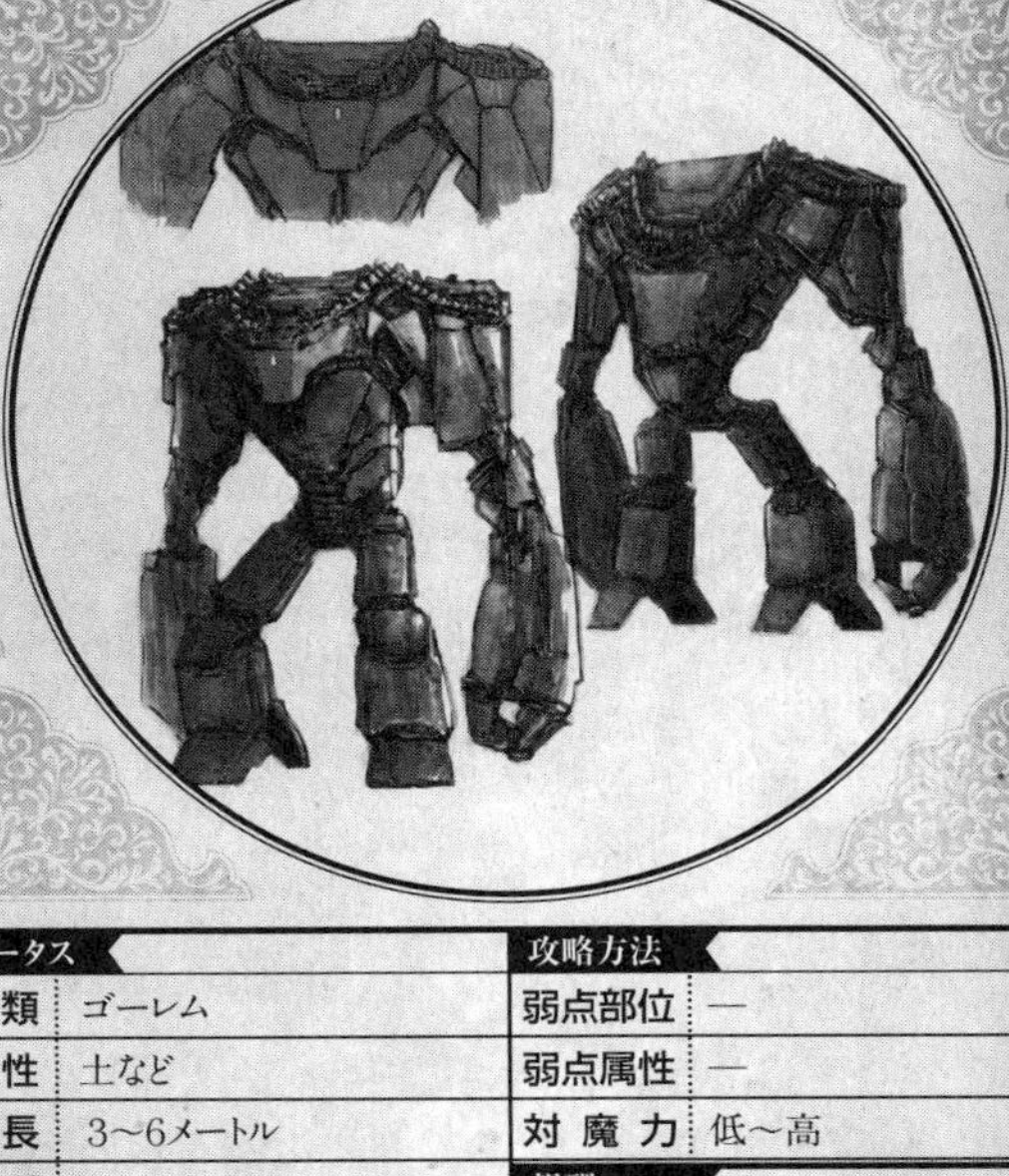

ステータス

種　類	ゴーレム
属　性	土など
体　長	3〜6メートル
体　重	10〜35トン
生息地	特殊

攻略方法

弱点部位	—
弱点属性	—
対魔力	低〜高

報酬

獲得素材	複連双晶
素材落下確率	5%

攻撃特徴

攻撃方法	質量攻撃（パンチ、振り下ろし、踏み付け、抱擁）
状態異常	—

食人妖精

Human-eating Fairy

ステータス	
種　類	使い魔
属　性	風、火
体　長	20〜30センチ
体　重	リンゴ1〜2個分
生息地	特殊

攻略方法	
弱点部位	頭部
弱点属性	水
対魔力	低

報酬	
獲得素材	妖精の羽(偽)
素材落下確率	10%

攻撃特徴	
攻撃方法	ともだち、かみつき、むさぼり、群体攻撃
状態異常	魅了(強)

ドラゴンゴーレム

Dragon golem

ステータス

種　類	ゴーレム／竜種（偽）
属　性	火、土
体　長	20メートル
体　重	推定1万トン
生息地	特殊

攻略方法

弱点部位	装甲内（胸部中枢）
弱点属性	―
対魔力	きわめて高

報酬

獲得素材	英霊核（仮）、竜の牙、竜骨
素材落下確率	0.3％、5％、10％

攻撃特徴

攻撃方法	閃光の息吹、金剛四肢、黒色翼撃、無慈悲の尾撃
状態異常	即死、やけど

あとがき

桜井光

亜種聖杯戦争。
足を踏み入れる者を生かして帰さぬ《迷宮》へと召喚された英霊《サーヴァント》が四騎。
彼らは果たして、迷宮造成者《ダンジョン・マスター》の思惑通りに踊るのか。
それとも。更なる闖入者《ちんにゅうしゃ》によって——

本作は、『Fate/Prototype 蒼銀のフラグメンツ』の主軸である〝沙条愛歌《さじょうまなか》〟を主人公のひとりとして、各『Fate』作品に登場する英霊たちと魔術師を集わせながら編み上げられた完全に新たな物語です。
二〇一五年末である現在、iOS/Android用のアプリケーションゲームとして展開中の『Fate/Grand Order』と同じように、『Fate』の名を冠する各作品もしくは各作品世界が〝英霊の座〟というある種共通の世界設定を有しているが故の夢の共演《コラボレーション》が成立している物語であるとも言えるでしょう。

暗がりの迷路。恐るべき怪物と罠に満ちた死の園。

それは絶望の空間であるはずなのに、いつだって、感じてしまう。

わくわくして止まらない胸の高鳴り。めくるめく、冒険の予感を！

幼い頃から、ファンタジー小説の中では特に迷宮を舞台としたものを好んで読んでいたように思います。熱を出して学校を休んだ午前中には必ず、ベッドの中で深沢美潮先生の『フォーチュン・クエスト』二巻と三巻を読み耽《ふけ》っては夢見ていました。

ですから今回、多くの偶然の果てに迷宮の物語を手掛ける機会を得られたのは……最高の僥倖《ぎょうこう》でした。心から。


ここからは謝辞を。

奈須きのこさま。サーヴァントたちによるダンジョン探索行というアイデアにＯＫをくださった上に、『Fate』世界における○○と○○の在り方やその詳細（幻想種としての○○は力を有するものの、死徒は某作品ほどには力を持てない等々――）についてご教示いただき、更にはご監修まで、本当にありがとうございました。

武内崇さま。愛歌とセイバーという奇跡の組み合わせを推して戴けたからこそ、本作はこうしてかたちとなりました。ありがとうございます。

中原さまには『蒼銀のフラグメンツ』に引き続き、物語を覗き込む〝窓〟として麗しいフルカラー挿画を戴きました。愛歌の『蒼銀』とはまた異なる一面や馴染みある各作品の英霊たちを中原さんの絵で目にできて嬉しいです。勿論、ノーマや頭巾の少女も！　マタジロウさま。凄絶にして迫力に満ちたモンスター挿画を数多く戴けたことで、本作単行本は迷宮物語としての階梯を更に上ることができました。ありがとうございます。三田誠さま。書き下ろし部分に於ける某人物たちの登場についてのご快諾と全体のご監修、ありがとうございました。まさかOK戴けるなんて！　某人物とノーマのやり取りを見つつ「この子たち同タイプの機体だ！」と囁き合ったのが昨日のようです。

東出祐一郎さま、成田良悟さま。いつもありがとうございます。

数奇な天啓こと森瀬繚さん、○○○の調査と裏付けの他、短期集中連載のアイデアに頭を捻っていた桜井に「ダンジョン」と呟いてくださったご恩は忘れません。デザイナーのWINFANWORKSさま、平野清之さま、そして月刊コンプティークの小山さまと編集部・営業部の皆さま。『蒼銀』と同じようにここでもご一緒できて光栄しきりです。

そして、この物語を楽しんでくださるすべての方々に、幾万の感謝を。

それでは、また。

どこかで。

本書は、二〇一六年一月に小社より刊行された
単行本を修正のうえ、文庫化したものです。
「あとがき」は当時のものを収録しています。

Fate《フェイト》/Labyrinth《ラビリンス》

桜《さくら》井《い》光《ひかる》

令和7年 2月25日 初版発行

発行者●山下直久

発行●株式会社KADOKAWA
〒102-8177 東京都千代田区富士見2-13-3
電話 0570-002-301（ナビダイヤル）

角川文庫 24533

印刷所●株式会社暁印刷
製本所●本間製本株式会社

表紙画●和田三造

●お問い合わせ
https://www.kadokawa.co.jp/（「お問い合わせ」へお進みください）
※内容によっては、お答えできない場合があります。
※サポートは日本国内のみとさせていただきます。
※Japanese text only

ISBN 978-4-04-115809-8 C0193

◇◇◇

角川文庫発刊に際して

角　川　源　義

第二次世界大戦の敗北は、軍事力の敗北であった以上に、私たちの若い文化力の敗退であった。私たちの文化が戦争に対して如何に無力であり、単なるあだ花に過ぎなかったかを、私たちは身を以て体験し痛感した。西洋近代文化の摂取にとって、明治以後八十年の歳月は決して短かすぎたとは言えない。にもかかわらず、近代文化の伝統を確立し、自由な批判と柔軟な良識に富む文化層として自らを形成することに私たちは失敗して来た。そしてこれは、各層への文化の普及滲透を任務とする出版人の責任でもあった。

一九四五年以来、私たちは再び振出しに戻り、第一歩から踏み出すことを余儀なくされた。これは大きな不幸ではあるが、反面、これまでの混沌・未熟・歪曲の中にあった我が国の文化に秩序と確たる基礎を齎らすためには絶好の機会でもある。角川書店は、このような祖国の文化的危機にあたり、微力をも顧みず再建の礎石たるべき抱負と決意とをもって出発したが、ここに創立以来の念願を果すべく角川文庫を発刊する。これまで刊行されたあらゆる全集叢書文庫類の長所と短所とを検討し、古今東西の不朽の典籍を、良心的編集のもとに、廉価に、そして書架にふさわしい美本として、多くのひとびとに提供しようとする。しかし私たちは徒らに百科全書的な知識のジレッタントを作ることを目的とせず、あくまで祖国の文化に秩序と再建への道を示し、この文庫を角川書店の栄ある事業として、今後永久に継続発展せしめ、学芸と教養との殿堂として大成せんことを期したい。多くの読書子の愛情ある忠言と支持とによって、この希望と抱負とを完遂せしめられんことを願う。

一九四九年五月三日

桜井 光
原作 TYPE-MOON
イラスト 中原
Fate/Prototype
蒼銀のフラグメンツ
1991年の東京を舞台に
沙条愛歌とセイバーが
聖杯戦争に挑む!!
「Fate/Prototype」の前日譚を描く
スピンオフノベルが待望の文庫化!!
全5巻
好評発売中!
角川文庫
KADOKAWA
©TYPE-MOON

運命の騎士王と出会い
全能の少女は「恋」を知る——
Fate/Prototype
蒼銀のフラグメンツ
|漫画|鈴木ツタ |原作|桜井光/TYPE-MOON |原作イラスト|中原
コミックス第1巻好評発売中
Kadokawa Comics A
KADOKAWA
©TYPE-MOON